K氏の大阪弁ブンガク論

江弘毅

はじめに

この本は大阪弁の小説についてのあれやこれやを書いたものだが、ほぼ「大阪弁のエクリチュール」というものについて多くを考えたものである。「エクリチュール」というのは、ある地域や社会集団にふさわしい言葉遣いのことだ。

同じ大阪のミナミでも、千日前のお好み焼き店の親父が話す言葉と心斎橋筋の瀬戸物屋さんの女将が話す言葉は違う。どちらの場合も子どもの頃から自然に身についた日本語＝言語体としての大阪弁は共通するはずだが、従事する職業など社会的属性や地域的なコミュニティとリンクする言葉遣いはさまざまである。

さてこの本で採り上げているように、町田康さんや黒川博行さんなど大阪弁を駆使する現代作家は多く、ここ数年は芥川《あくたがわ》、直木賞の受賞連発のみならずその活躍ぶりは目を見はるものがある。谷崎潤一郎や司馬遼太郎、山崎豊子といった国民的作家も大阪弁による名作をたんまりと書いている。

そこに見られる言葉遣いのユニークさと、主人公や登場人物の頭のてっぺんからつま先までの「その人となり」を表す言語表現のリアリティは、標準語がベースになっているものとはまったく違う。「大阪弁ブンガク」の魅力は、標準語として国語教育的に制度化された言語表現を超えるエクリチュールの「突き抜け加減」にあるのだ。

関東甲信越地方のとある街に取材に行ったときに、地元メディアに関わるスタッフが、「ここは方言がないですからね」と口にした。こちらはばりばりの大阪弁で喋っていたわけではなかったが、イントネーションから「この人は関西の人なんだ」ということがわかってそう言った。加えて「毎週のように原宿や代官山に行ってる。ここから近いから」という発言には、「ここは地方じゃない」といった調子のちょっと都会ぶった態度が垣間見えた。そこのところに「おもろないなあ」と感じ、「いなかくさいな、この人らは」と思った。

「いなかもの」というのは都会の中にしかいない。甲信越の山林で樵《きこり》が働くのを見かけたり、瀬戸内の島や南紀の小さな漁港で漁師の姿を目にしたりするときに、「この人はいなかものだ」などと思ったりはしない。もちろんかれらを蔑《さげす》むようなことはない。

かといって逆に、そこで穫れる米のブランド銘柄をことさら誇って大語するような「お国自慢」は、「大阪すっきやねん」とぶっ放《ぱな》すことと同じ感覚でちょっと苦手だが、明治時代半ばの「東京山手の教養ある中流家庭のことば」が大原則にある標準語、なにかを書く際の言葉を話し言葉に近づける言文一致体の文章や、大正末期のNHKラジオ放送がオリジンの話し言葉は、それを「標準語」と措定《そてい》した「つくられた架空のコトバ」であるから、言葉によってものを考える様式や自分表現の方法は、とりすましたり、へなちょこなものになってしまう。ある具体的な人物が書いたり話したりする言葉と、それを担保しているはずの根の部分の人間性にズレが見えてしまうのだ。

近代的な中央集権国家をつくる際の要請として出来た「標準語／共通語」は、日本語が「ひとつの公用語」であることを前提としているが、そこからどうしょうもなくはみ出ているなにかが過剰にあるのが大阪弁だ（そのひとつが「おもろい」かどうかだ）。誰かが世界のうちのなにかの事物を表現しようとするとき、今起こりつつあることをありありと著すときの「エッジの立ったコトバ」は、よい言葉、正しい言葉、美しい言葉……といった座標軸とは違うところにある。

そこらへんをわからんとなあ、という議論はともかく、まあわからんでもこの文章、突き抜けてるなあ、という強度こそが良質の大阪弁ブンガクのおもろいとこである。

目次

序章

ブンガク論に入る前に、ちょっと地元のこと。K氏の場合。

鍋は「食べる」ではなく「する」

Ｋ氏がとあるＷｅｂ連載で「てっちり」のことを書いたら、いきなりの書き出し部分で「てっちり（＝ふぐ鍋）」というふうに（カッコ）付けさせてくれ、と編集担当からメールがあった。

てっちりという大阪特有の鍋料理は、それを日常的に食べているエリアや職業などのある社会的属性の集団があって、てっちりを滅多に食べない人は、そういう人らと鍋を囲むときは、かれらに「鍋奉行」を任せる。そういうことになっているのだ。つまりてっちりとは、どういう鍋料理なのかを一番深く知る経験者がリーダーになってしかるべきで、そこに「ふぐ入りの寄せ鍋」と「てっちり」の違いがある、みたいな内容だった。

これはグルメレベルの話ではなく、人と人が会食する際の「街場の倫理学」のようなものである。大阪の街においての「食べることの面白さや深さ」を顕彰しようとするＫ氏は、いつも皿の上の料理や食材や調理法よりも、そういうややこしいことを言うたり書いたりする癖がある。というよりそれを飯の種にしている節があるのだ。

原稿を送ると、そういう事情はよくわかるのだが、うちのサイトは日本最大級のサイトで、上方《かみかた》以外の人間が読むのが大多数だ。だから（＝ふぐ鍋）と入れさせてほしい。と、いうことであるが、Ｋ氏にとってはこれはやはりやりきれない。なんとなればその原稿の中ほどには、こんな経験を書いていたからだ。

一度、若い秀才の女性編集者ほかとてっちりを食べに行ったことがある。いきなりふぐの切り身と、豆腐や椎茸や白菜をどばどばと一緒に入れた。その時、「まあ経験上、オレが鍋奉行せなあかん」と思っていたので「ちょっと豆腐や野菜は待ってくれ」と注意したら、逆ギレ気味に「鍋は野菜がおいしいのよ」と言われた。

「こいつ何にもわかってへんな」と絶望的な気分になったわたしは、仲のいい男ばかりだったら「これ、ちゃんこ鍋ちゃうで」と言うてたところなのに、なぜか「シュン」と悲しくなってしまった。

鍋は「(鍋料理を)食べる」ではなく、鍋を「する」なのだ。とくにふぐやハモ、しゃぶしゃぶといったある種の鍋には、それを「する際」のコード、つまり「やり方」があるのだ。

そのやり方はあまりグルメの本には書いてなくて、また地域やその人の「鍋の育ち」や、わたしのような「イラチな」性格のメンバーその他いろいろがあって、一般的な正解はない。その日その時の鍋の諸先輩方、先人に教わるあるいは学習し、積み重ねるしかないのだ。

大阪の街場においてのあれこれは、食べることにおいても大阪～関西言語的なコミュニケーションが、物事の基底に根を張っている。そういうことがわかってくると、ぐんと街的生活が楽しくなってくる。「社会システムはコミュニケーションからなる。社会は複数の人間の集合体として成立するのではない。人間は社会システムの構成要素ではなく、その環境である」からだとK氏は結論めいた言い方をするが、これは誰かのパクリまる出しである。

国語だけでは通用しない街

K氏はだんじり祭で有名な旧い街で生まれて育った。その町は城下町らしく、雑多な商売人や職人が一つの町的な固まりをつくっていた。

K氏の町は、飲食店は喫茶店とてっちり屋が各一軒だけで、ほかはみな物販をしている店舗のアーケードのある商店街と、商店街の裏が大工や左官、かれらの道具を扱う金物屋や目立て屋など職人が住む裏通り。そして鮨屋、うどん屋、お好み焼き屋、定食屋、鰻《うなぎ》屋が並ぶ大通りがタテの道だった。大通りは昭和に入って拡げたから「昭和大通」やという「そのままやんけ」の名前がついていて、二階三階では鍋の宴会もできた「うどんの部」「寿司の部」「洋食の部」とメニューに書き分けてある三階建ての「みなと食堂」、パチンコ店の「いすゞホール」だけが大きな建物で、あとは二階建ての大きな長屋の、一階が立ち呑みもやっている酒屋のような店舗が並んでいた。

歩いてすぐの距離に二軒の風呂屋があった。そのころ大阪では「銭湯」という言い方はなくて「風呂屋」だった。余談だが七〇年代に流行った南こうせつとかぐや姫の『神田川』に、「赤い手拭マフラーにして／二人で行った横町の風呂屋」という歌詞があるが、作詞をした喜多《きた》條忠《じょうまこと》は大阪・天満《てんま》生まれで東京に行って作詞家になった人だ。

その二軒の風呂屋の片一方の「なみちゃん湯」は熱い風呂で、小学生だったK氏は普段、家族みんなが行っていた「清水湯」がたまに休みのときは、「なみちゃん湯」に行っていたのだが、何回行っても湯船になかなか浸かれなかった。

その湯が熱いほうの銭湯は、職人たちや土工向けの銭湯だった。ある日奇跡のように、その風呂屋の行きにひとり、帰りにひとりというふうに、同級生を見かけて「なるほどそういう風呂屋か」と思った。そのふたりはどちらもブリキ屋の娘で（同級生一二〇人中ブリキ屋はその二軒だけ）どちらも別嬪《べっぴん》で勉強も良くできた。

もう半世紀に近い前の話で、その後風呂屋も職人の家も食堂もパチンコ屋もことごとく無くなってしまったが、その風呂屋の湯の熱さは、たまによその街の銭湯に行った際に思い出したりする。

そういう地域環境では、社会的属性や世代も違う人々が普通に混じっているので、自然とコミュニケーション力が磨かれる。その際に中心となる「言語運用」は、小学校で習う国語だけでは「通用」しない。

一番面白かったのが中学に進んだときだ。中学校は商売人と職人の家の子どもがほとんどだったK氏が通っていた「中央小学校」と、浜地区の「浜小学校」とが同じ校区だった（しかしながらこの小学校名もそのまんまやんけ）。漁師の網元や乗り組み漁撈者《ぎょろうしゃ》の店子《たなこ》、沖仲仕《おきなかし》や馬力曳きといった港湾労働者などの息子、娘たちと一緒になる。かれら相手の事務所や博打場《ばくちば》が家である度胸千両系男稼業の子弟もいて、中学生なのに風貌から歩き方まで大人びていた。

教室で飛び交う言葉やカルチャーが、小学校よりもぐっと多様になった。話すコトバのみならず、だんじりの曳き方や鳴物の演奏もかれらはまったく違っていた。もっともかれらの地区だけを見ても町ごとにそれが違っていたのだから、「多様性」などといった耳あたりの良い言葉では言い表すことができない。

とにかく血の気の多い土地柄だから、当然そこらじゅうで喧嘩が絶えない。K氏は小学校の頃から声がデカくてよく喋り、おまけに体が大きくて「目立っていた」から、よく浜地区のヤツからお呼びがかかった。

そんななかで「場を収める」ことをK氏は学んだという。紛糾に至らずに何とか折り合いをつける。あるいは逆にわざと怒らせたり混乱させたりする。そんなコミュニケーションのありようについて「豊かな土地柄だった」と今も思っている。

「おもろく」ないと「納得」しない

その後、K氏は府立高校に進学する。そこは学区で一番の所謂《いわゆる》「ナンバースクール」だった。その高校で同級生にサラリーマンや公務員、すなわち「勤め人」の子弟が多いことを知った。ここらへんがK氏のおかしいとこで、「そうか、世の中で自営業の家は少数派やったんか」と、はたと気づくのだ。

また初めて「標準語」を話す先生の授業を受けた。「やっぱし中学校と違《ち》ごて、かしこい高校はちゃうな」とK氏は思ったが、同時に「愛嬌がないおもろない喋り方やから授業は眠たい」のだった。

K氏のいた中学校では「おもろい」かどうかが常に問われていた。喧嘩の最中でも授業中でも「おもろいこと」を言うたもんが勝ち、すなわち「おもろく表現する」ことが人を「納得」させることにほかならない。そんな口語的な社会性だった。

それは誰かと一緒に食事をするときにも端的に表れる。相手と「どの店で何を食べるか」という際にも「会話」のやりとりをする。それは単純な応酬ではなく、双方の「納得」につながらなくてはならない。「納得」のためには「理由」が要る。サボって「喫茶店へ行かないか?」ではなくて「ちょっと、喉乾いてへんか?」である。

K氏が誰かと一緒にすき焼きの鍋を囲んだとする。K氏は先に砂糖と醤油だけで肉だけを食べたいのだし、そのたまらんコッテリ感が頭にありありと浮かんでいてすでに「おいしい口」になっているのに、相手ははじめから野菜も豆腐もしらたきも入れようとする。

普通はそこで「話し合い」が始まるのだが、K氏はこと食い物に関しては、簡単に合意するような自制心を持ち合わせていない。だから相手に対して何とかやり込めたり誤魔化したりしてそれを通そうとする。

が、うっかり「ちょっと待たんかい。野菜は後じゃ」なんてぴしゃりと言ってしまうと、議論(ときには喧嘩も)につながってしまって、それこそ食事どころではなくなってしまう。そういう「大切なこと」をすでに中学校で学んでいる。

「なあ大阪の〝すき『焼き』〟にしような、東京の〝牛鍋〟と違《ち》ごて」とやんわり言ったり、「わたし〝鍋奉行〟しますよって、そちらは〝町(待ち)娘〟でいってください」などと言う。双方、「納得」に至るための「理由」や「アイデア」を発話に挿《さ》し込んで、「おもろく」言わないとあかんのだ。

実際、K氏の中学校では授業中でも、皆が「何かおもろいことを言うたろう」といつも狙っていた。英語の授業中に「〝ぼくらは生徒です〟、と言うてみい」と先生が同級生の一人を指名する。I am a student.がWe are students.となる複数形の変化を教えるがためだったのだが、当てられたK氏のツレはまるで意に介さず、「ぼくらは生徒です」と日本語で平然と返す。「はいセンセイ」みたいな感じで直立して、真っ直ぐ大きな声で返す。教室中は大笑いだ。「おまえはアホか！　もうええわ（笑）」とカンカンに怒りながらあきれて最後は笑うしかない先生を尻目に、本人はしてやったりの顔をしている。毎日がこんな調子だった。

正しい言葉などない

先生も地元出身ばかりで、国語の先生は宮沢賢治の詩を泉州弁で朗読していたし、英語の教師は大阪流イントネーション英語で、テープレコーダーの英語とは全然違っていた。

そこで教育の際に使われるセンセ《先生》の話し言葉は「教育目的の制度化された標準（共通）語」ではない。そんなコトバによる授業を前提として学んだことは、「正しい言葉などといったものはない」ということであり、日常の実生活においての「それぞれの言葉」は違うということだ。

K氏は「動物園みたいだった」中学校で、無意識のうちに言語の多様性を見つめる土壌を体得したと思っている。

実際に大阪弁（関西方言というのが正しいのだろう）は、ミナミで河内弁と泉州弁がどちらも聞こえてきたり、同じミナミでも心斎橋筋のデパートや洋服屋で話される言葉と黒門市場の魚屋で話される言葉は違う。言葉は地域や職業、社会的属性によって違うという、至極当然の事実を身体でわかるということだ。

「こちらの理解のほうが、全然グローバルやないか」「なにが英語を話せて国際競争を勝ち抜ける人材や」などとK氏は苦々しく思うのだ。

中学生のK氏たちは、本気の怒突《どつ》き合いをずいぶんやったが、「一人勝ち、勝ち逃げ。親の総取りはあかん」という掟がルールとして徹底していたし、困っているものをもっと困らせてやろうというようなガキには、誰かが「それはやめといたれ」と言う土地柄だった。

子どもの頃から誰もが似かよったやりかたでセコく「勝ち抜く」ことばかり考えていて、のっぺりと画一なビジネスマン言語を話す大人に育つ社会は「気色悪いな」、とK氏はその頃からすでに思っていた。

てんでばらばらな背景を持ち、想像も共感も絶する「他者」に、自分の言葉で意思伝達したたりする際の「俳味《はいみ》」（一九九頁）とでも言うべき「おもろさ」。それがK氏にとってのコミュニケーションの基本であり、それこそが他人にフレンドリーな態度というものなのだろう。

関西方言には「標準語」はない

K氏が関西のエリア雑誌の編集をやっていた頃、大分県出身で大阪在住の編集者にこういう話を聞いたことがある。

大阪や京都の地元出身の人は、東京弁すなわち標準語を使う人は少ない。会社の編集会議も結婚式の挨拶もデパートの店員さんも関西弁だ。だからこちらも標準語を使わなくてもいいんだ、と思ってそのまま「せからしかぁ」などとつい大分弁を喋ってしまう。しかしながら、それでは「?」という顔をされる。

街場のコトバは難しいなあ、とK氏は思う。

関西方言には標準語のようなものはない。つまり京都人は京都弁、大阪はもっと多く、K氏ら岸和田の人間は岸和田弁、東大阪や八尾の人は河内弁を大阪市内で普通に喋っている。「～しよう」「～しとう」という神戸～播州系の言語も梅田近辺ではしょっちゅう聞こえるし、

「でんでんかまいませんよ」などと、「ざじずぜぞ」が「だぢづでど」になる和歌山弁を聞いたりすると、近しい泉州地方出身のK氏からすれば、思わずにやっとしてしまう。

とくにミナミの難波周辺にいると、近鉄、南海沿線からの人が集まっているので、「わいら」「しやけど」といった奈良〜河内系、「おもしゃい」「ええわし」などの泉州弁はあたり前に耳にする。

K氏はこういった大阪系言語のさらに細かい地域性がわかるローカル的な理解が好きだ。どこかの評論家が「吉本芸人の話芸は河内や泉州の人間が噺家や漫才師になってから下品になった」みたいなことを書いているのを読んだ記憶があるが、K氏は「そら、違《ち》ゃうやろ」と思っている。むしろ落語家が「言うてはるのやおまへんか」などと妙な船場言葉を喋ったりしているのを聞くときに、「変に真似すなよ、逆にそれ田舎臭いど」と思ったりする。

これについてはさすが織田作之助、随筆なのにまことに小説的な味わいのする「大阪の可能性」という作品でドンピシャに書いている。


たとえば「そうだんべ」とか「おら知ンねえだよ」などという紋切型が、あるいは喋られあるいは書かれて、われわれをうんざりさせ、辟易させ、苦笑させる機会が多くて、私にそのたびに人生の退屈さを感じて、劇場へ行ったり小説を読んだり放送を聴いたりすることに恐怖を感じ、こんな紋切型に喜んでいるのが私たちの人生であるならば、随分と生きて甲斐なき人生であると思うのだが、そしてまた、相当人気のある劇作家や連続放送劇のベテラン作家や翻訳の大家や流行作家がこんな紋切型の田舎言葉を書いているのを見ると、彼等の羞恥心なき厚顔無恥に一種義憤すら感じてしまうのだが、大阪弁が紋切型に書かれているのを見ても、やはり「ばかにするねい！」（大阪人もまた東京弁を使うこともある）と言いたくなる。（『定本織田作之助全集 第八巻』二六六頁、文泉堂書店）

しっかし、約四〇〇字一気のウケまるなしの文章。さすがというか、なんちゅう書き方をするんや、オダサクは。

Ｋ氏がもっと違和感を抱くのは、大阪出身者があらたまった場やビジネスの際に「とってもいいですよね」みたいに標準語を喋るのを耳にすることで、「このおっさん、何、気取っててんねん」などと思う。

確かに船場や中之島の都心のマンション現地案内会に行って、大手不動産会社の担当から、「奥さん、これは値打ちありまっせー」とか大阪弁でセールスされると、悪徳な不動産屋にダマされているような気がするが、船場のきつねうどん発祥の［松葉家］で食べていて、東京弁でだしについての話が聞こえてくると「ぐちゃぐちゃ講釈垂れてんと、早《は》よ喰え」と言いたくなる。

かといって、もちろんK氏も「言うちゃら」「あっかえ」とかの激しい岸和田弁は仕事や編集会議では使わないし、「鍵かいで帰って」などと言うと、泉州人にしか伝わらないので、気をつけている。これを書いているこの文章だって東京や九州の読者が読んでもわかるように、言葉を選んで書いているつもりだ（ご意見ご感想お待ちしてます）。

言語運用つまり言葉による表現は、人それぞれ多様であるからこそ面白い。そしてその上に、コミュニケーションの相手に伝達すべき内容や自分の思いなどなどが、「うまく伝わっているのか」という気遣いや、「どうか伝わってほしい」といった願いが乗っかる。

コンビニやファストフードで「いらっしゃいませ。こんにちは」「○×でよろしかったでしょうか」といった、どこの言葉でもない妙なイントネーションの笑顔の言葉を耳にするとき「シャラくさいな」と思ったり、アップルストアでそれまで関西弁で喋っていたスタッフが、機能を説明する段になった途端、標準語的になるのを耳にすると、薄ら寒い気がするのはそういうことからだ。

店が禁煙になった串カツ屋で

さてそういう大阪的なコミュニケーションにまみれているK氏の日常だが、先日、大阪駅前ビル地下にある行きつけの串カツ屋に行った際のことをどうしても言いたいそうだ。許してやってほしい。

その串カツ屋は梅田地下街、阪神梅田駅改札裏の「ぶらり横丁」のうちの一軒であったが、二〇一五年六月に、橋下徹大阪市長から「ぶらり横丁」に対して「行政代執行通知」が出されて、「代執行はワヤくちゃにされるんで自主撤去しました」という、カウンター一本一〇人弱定員の串カツの名店だ。

それで駅前第4ビルに移ってきたのだが、その際「ぶらり横丁の看板もついでに持ってきましてん」という大将の串カツは抜群に旨い。おまけに一本一一〇円と、西成や新世界並みに安い。メレンゲを使った薄い衣をラードの「エエ油」を使って揚げていて胸焼けがしない。ワインやらリンゴやらを混ぜ込んだソースもイケるし、何よりもちゃんと「肉は肉」「エビはエビ」の味がする良い串カツ屋なのだ。

今回はこの辺でやめてもらうが、てっちりでもそうだが、大阪の食べもんについてこういうことを書かせるとK氏はナンボでも書く。

ただ残念なことに移転によって、店が禁煙になった。「タバコは出てすぐ左に喫煙コーナーありまっせ」と大将が言うのでK氏がそこへ行く。

そのスペースはペットボトルや缶の自動販売機が置かれてあって、右奥がガラス戸で仕切られた簡素極まりない喫煙所だ。何という偶然、灰皿は串カツ屋のソースのバットみたいである。例の「二度づけお断り」のステンレスだかアルミ製のそれをふたまわりほど大きくしたバットに水が入れられていて、そこにタバコの吸い殻を捨てるようになっている。吸い殻のタールが溶けたきちゃない水が入ったバットがひっくり返らないようにか、カウンターに埋められるように四箇所ほどセットしてある。なかなか手が込んでいるな。そしておのおののバットの前に注意書きが貼られている。

☆ご注意ください☆
店外で購入された飲食品の
店内の持ち込み及び
喫煙のみのご利用、または
居眠り等は一切禁止、
発見しだい、退店をお願い
する場合があります

「何じゃこれ」と思ったK氏は、それをiPhoneで写真に撮ってTwitterに「大阪駅前4ビルの自動販売機だけ置いているコーナーの奥の喫煙所にこういうことが書いてある。かなしくなってくる」と呟いた。

すると、「ただで使わしてもらって文句言うな！　自販機置いてる業者は家賃払ってるんだろ。セコいこと言うな」という返信が@K氏に送られてきた。「これは、若い奴やな」と直感したK氏はさらにかなしくなった。

そいつの「ディスり方」がまったくおもしろくなかったからだ。

そらね、飲みもん売ってタバコ吸わす店で、おばちゃんが一人おって、「にいちゃん悪いな、ここ〝店〟やしタバコ吸うんやったら何か飲みもんでも買《こ》うたげてくれへんか」言われたら、こっちも「すんません」言うてお茶ぐらい買わしてもらうがな。「おばちゃん、これまた洒落た喫茶店やなぁ」とか言うたりもするがな。

そやけど、人件費節減か何か知らんけど、人も置かんと、そんな他人をビビらすような貼り紙だけ書いてやな、だれも「ほな、水でも買お」いう人は居《お》れへんのちゃいますか？　それが「横着や」言いまんねん。それと「セコい」ってどっちやねん。聞き捨てならんどコラ。ほな、おのれが店に立って「すません、ペットボトルはいかがですか」てやらんかい。そうか、ようせんか。ほな「ここで喫煙する人は一〇円です」て書いて賽銭箱でも置いとかんかい。今日びタバコ一本二〇円以上するんや。おのれより毎日、税金もタバコ吸うてたんと払《は》ろてるんや。一〇円ぐらいどっちゅうことあるかえ。串カツ食うてる間に一人三回吸いに来たら、三〇円丸取りや。飲みもん一本の口銭より多いんちゃうか。要らんこと人に言う前に、ちょっとは頭を使わんかい頭を。

というようなことをTwitterに書き込んで「メンションョン返してこましたれ」とK氏は思うのだったが、あほらしなって止めておいた。奴壺《どつぼ》にはまるような気がしたからだ。

第一章

日本ブンガクを席巻する関西弁の技法

作家たちは大阪弁で話す

大阪（関西）人は似非《えせ》大阪（関西）弁をすごく嫌う。

テレビや映画で「しばくぞ！」とか「あかんやん」という台詞があって、俳優に「ば」や「か」が強く発音されるイントネーションで言われると、速攻「なんやそれ」とツッコミが入り、「ちゃうやんけ」と腹が立つ。

関東出身の高校の先生が、大阪ネイティブの生徒に親しむうちに「～ねん」と語尾を覚え、「ちがうねん」と「が」を高くあげたりすると、生徒たちは一斉に「きっしょ～」と思い、なかにはわざと大げさに「ちがうねん」と先生の口真似をしてみんなの笑いを取ったりする、K氏のような酷い生徒もいる。

けれどもこのところテレビに露出する関西系お笑いタレントの影響か、東京方面で「めっちゃ、かっこいい」などと関西弁を使う中高生が多くなってきている。

が、「めっちゃ」の「め」にアクセントがくるのを聞くと、違う！「ちゃ」にアクセントや、と即座に反応する。この「めっちゃ」のように、地元関西以外で喋られる関西弁について、変なアクセントやイントネーションの喋り方が増えてきたなあとK氏は思っている。

「それ、全然かっこええことないやんけ」である。

イントネーションすなわちメロディが音痴なのがいかんのだ。

それだけでなくK氏は「マクド」のことを「マック」というヤツも許せない。「マクドはマクドやろ。『マック』て、そら食いもん違《ち》ごてパソコンやろ。食われへん」というツッコミもおまけについてくる。

とくに「っ」という促音便的な音が入る言葉を耳にすると神経を逆撫《さかな》でされイラッとするようで、「『マクド』みたいな品のない言葉は喋らないよね」などと、上から目線で言われているような気すらして、「なーにをエラそうに」と思ってしまう。

こうなればもう大阪弁ナショナリストばりばりである。困ったものだ。

K氏にかぎらず大阪人特有の大阪弁いや大阪語に対してのイントネーション、リズム、音韻などなどへの執着は、身体的、感覚的なものゆえ、微妙であり結構厄介だ。

そのあたりのことを、川上未映子さんは芥川賞のインタビュー（「文藝春秋」〇八年三月号）でこう語っている。

「自分が大阪弁なのは変える理由が無いからですね。標準語で喋ると、脳味噌の一部がすごく硬くなっている気がするんです。イントネーションが分からんまま、探りながら喋っているから、すごい疲れてしまう」

それにしても川上さん、東京に住んでいても、大阪弁を「変える理由がない」というのは、エラい言い方やな。

西加奈子さんも東京住まいが長いはずだが、たまたま椎名林檎とのNHKの番組を観ていると、自分のことを「うち」と言い、「そんなん」「なんやろ」とミナミで地元の友だちと喋っているような感じで、「めっちゃ〜」は正調大阪語イントネーションだった。

田辺聖子さんの『大阪弁おもしろ草子』（講談社現代新書）には、戦前の大阪弁について興味深いことが次のように書かれている。

> 明治政府が唱導強制した標準語・共通語はいち早く上方にも広まって、私などが小学生のころ（昭和十年代はじめ）は、もう大阪弁を使うのは品がわるく無学なあかしのように思う気風が、大阪の若いインテリの間にあったように思う。（四〇頁）

田辺さんはその頃、岡山出身者の「若いインテリ」の母から、「そうやしィ」「あかんしィ」

などというと、下品な言葉を使う、と叱られた。

しかし「大阪弁の語尾を東京風にするというのは、むつかしい以上に、首をくりたくなるような恥かしさがある」とのことで、「芝居のセリフをしゃべらされているようになり、言葉の生命力が失われてしまう」と書いている。

その顛末は、祖父が「じゃらじゃらした怪《け》っ態《たい》なコトバ使うもんやない！」と一喝して、田辺家の言語近代化方言矯正運動は立ち消えになったとのことだ。

この大阪弁＝無学、下品。標準語＝インテリ、上品という図式は、K氏の学生時代だった昭和五十年代ぐらいまでは引き継がれていたと思う。神戸市にあった大学で、学生たちがちょっとアカデミックな話題になったり形而上《けいじじょう》な話になると、急に標準語（的イントネーションだけかもしれない）になるのだ。

K氏はそんなとき、「なんでキミらそんな話になると、東京弁になるねん。変やなあ」と思った。

だいぶんたって、哲学者の鷲田清一先生と懇意になって、いつも「フッサールは、語りえないものについて、言葉にせなあかん」とか、「自我なんてない、あるのは経験だけやろ」と京都弁でフツーに言うてるのを聞いて、「さすが臨床哲学。この人こそ、本もんの哲学者や」とK氏は快哉《かいさい》を叫んだ。

このように関西弁に「ぐっと」くるのは、やはり会話の際の「生身」の言葉だ。

このところ直木賞をみても、西加奈子さんや朝井まかてさんや黒川博行さんといった「関西語話者」による小説が連発で受賞しているが、かれらの書く登場人物の大阪弁〜関西語コミュニケーションの技法こそ、その魅力にほかならない、とK氏は激しく思っている。

そのあたりの現在進行形を、今から展開しよう。

ヤクザものは台詞のワーディングの細部が命

K氏は大竹しのぶ主演の『後妻業の女』を観に行った。

黒川博行さんの大ファンであるとともに近しい関係であるK氏は、しばしば雀荘《ジャンソウ》に呼び出されコテンパンにいわされている（その様子は『大阪ばかぼんど』に書かれている）。

黒川さんの麻雀の強さ、エゲツなさはよく知られている。

またK氏は、元マル暴刑事の堀内、伊達コンビが暴れまくる『繚乱』の文庫化の際、解説を書いているぐらいで、黒川小説に精通している。

なので映画を観て帰ったK氏は、周りのみんなから「どうやった？」と訊かれた。

「おもろかったで。よう出来てんちゃう」と答えたが、本心は「小説に比べたら、全然おもろない」と思っている。

やはり台詞の部分で「無理」があるのだ。

そのあたりについて大竹しのぶさんは「文藝春秋」（二〇一六年九月号）のインタビューで、次のように話している。


小夜子を演じるうえで、私が一番心配したのは関西弁です。もう、それが気持ちの九〇パーセントを占めていたぐらい。物語の舞台は大阪が中心で、登場人物のほぼ全員が関西弁を話します。

関西の人たちは取ってつけたようなエセ関西弁が嫌いだとよく言われますから気が抜けません。

原作者の黒川さんも関西在住で、鶴橋監督が映画化の話を打診したとき、登場人物の年齢や設定、ストーリーの一部を変更することは快諾してくださったのですが、関西弁だけはいじらないでくれ、と言われたそうです。最終的には黒川さんご自身が、セリフの言いまわしや語尾などの監修もされました。

しかも共演者には豊川悦司さん、笑福亭鶴瓶さん、尾野真千子さん、水川あさみさんら、ネイティブ関西人の方が多く、東京で生まれ育った私には、正直かなりのプレッシさすが「ようわかってる」大女優だとK氏は思う。思うのであるが「ちょっと違うんやなあ」と言う。

黒川さんが直木賞受賞後第一作の『後妻業』について、「九〇パーセントはホンマの話や」とK氏に語ったように、自分の知り合いが後妻業にひっかかったことを元に「世の中にはこんな酷い話がある」と小説を書いた。

黒川さんがこの『後妻業』を書いたのは、筧《かけひ》千佐子容疑者が、小説そのものの容疑で逮捕される三年前のことだ。その後、千佐子容疑者は一〇人以上ものお年寄りを殺して遺産を奪った容疑で三回逮捕されている。

ともあれ小説というよりノンフィクション、ドキュメンタリーに近いこの作品、やはり街場の現実の犯罪のリアルさ、とりわけヤクザ系のややこしい話を映画で表現することはなかなか難しい。

K氏によると、ヤクザもののドキュメンタリーでは西岡研介氏がダントツだ。氏の一連のヤクザもののなかでは、インタビュー・構成をした『鎮魂　さらば、愛しの山口組』(宝島社)がとりわけ秀逸である。

五代目山口組組長の渡辺芳則とともに初代山健組の三羽ガラスといわれた元山口組直参組長である盛力健児の回想録で、そこでの抗争や殺人や暴力の振るい方に読者はゾッとするのだが、それを描写する大阪・神戸の極道の台詞の語り口は、神戸出身でヤクザもの作品の第一人者・西岡氏ならではのものだ。

「これは西岡研介しか書けん、地元のブンガクや」とK氏は太鼓判を押す。

クライマックスは第7章「『宅見若頭暗殺事件』の深淵」である。九七年八月、最高幹部のひとりである宅見勝山口組若頭が、新神戸オリエンタルホテルで射殺された。その事件の真相についてであるが、このように書かれている。

そしたら五代目が「宅見に居直られた」と中野に愚痴りよった。それを聞いた中野はパンと栓《せん》抜けてしもて、「よっしゃ、あのガキ（宅見）ゃ、いてもたる（殺したる）」となったわけや。（二〇八頁）

「栓抜けてしもて」ちゅうのはたまらん言い方やなぁ、と殺人現場になったオリエンタルホテルのコーヒー・ラウンジによく行ってたK氏は、「こわ〜っ」とビビりながら絶賛するのだ。

作品中に多出する、「貫目が違う」「座布団が上や」「一服ついとった」「バン、バーンてカマシ入れられてもて」などという台詞も、K氏にとっては度胸千両系稼業の人びとが口にするのを耳にしていた「街場の言葉」である。

溝口敦さんの山口組一連の作品と違うところは、「そこや」とK氏は心底思っている。つまり、台詞のワーディングの細部が「リアルにノンフィクション」かどうかだ。

大阪ブンガクのエクリチュールとチンピラのそれは違う

また同様に、ヤクザ映画の良し悪しは『仁義なき戦い』と『極道の妻たち』を見比べてもわかるが、ほとんど極道の会話のエクリチュールの理解にかかっている。

K氏がここでいうエクリチュールとは、「その人間の社会的属性や地域性にふさわしい言葉遣い」ということである。用字用語はもちろんのこと、イントネーション、発声法もそれに含まれる。とくに大阪や神戸や京都の「具体的な世の中」においての関西弁のエクリチュールは、極道にしてもマル暴の警察官にしてもオカマにしてもそれぞれの独特さにおいて多様だ。

西岡氏は、筧容疑者が殺人容疑で向日町署に逮捕されたときに、Twitter上で「今頃、向日署はてんやわんやになっとるんやろなぁ」「黒川さんに帳場に入ってもらえ」と呟いた。

このエクリチュールこそがまさしく大阪のブンガク性であり、「そこらへんをわからんと、いっこも〝おもんない〟んや」と映画を観てきたK氏はボヤき気味なのであった。

その「おもろい」こと。

大阪（関西）人のコミュニケーションの技法と、台詞回しの巧みさには、何よりも「おもろい」ことが優先され、言うてることが「おもろい」かどうかがすなわち説得力である。非難したり、抗議したり、恫喝したりするときにも「おもろく言う」し、喧嘩の場合も同様だ。

「ヤカラ（言うの）はな、おもろないと効き目がないんや」とはK氏流の台詞だ。出た！「ヤカラ」。ちなみに「ヤカラ」というのは、暴力を背景にした暴言のことである。

もちろん「おもろいことを言う」ということは、吉本芸人が人を笑わせるようなことを言うことではない。

黒川博行さんに戻ると、『破門』の二〇一四年直木賞受賞会見で実に興味深いコメントをしている。

僕の小説読んで、よくせりふ回しが漫才のようであるとよく言われるが、わりと不本意なんです。上方落語は大好きでよく聴きます。大阪人というのは、ことさら面白い会話をしようと考えてるわけではなくて、日頃しゃべっている言葉があんなんです。だから作品の中で、ここで笑わそうとか、ここでしゃれたことを言わそうとか、意識したことはないです。（産経ニュース、一四年七月十七日）

さらに「オール讀物」の直木賞受賞記念対談では、

漫才は決して参考にしてません。俺の書いてる台詞はそこまで下品ですかと、逆に聞きたいくらい（笑）。

と発言しているほどだ。「そこまで下品ですか」という台詞に、黒川作品の魅力を深く知るK氏はヒザを叩きまくるのであった。台詞がおもろくないと、単なる粗悪粗暴なだけで、そこを「下品」と黒川さんは表現してるんや、とK氏。

多分に逆説的だが、お笑いタレントの島田紳助が「俺のケツ持ち誰やと思とんねん」とシロウトにカマシてちょっとした事件になったのだが、K氏にかかれば「安もんの洒落にもならん。おもろいことも何ともない」と手厳しい。

「だれそれはだれそれのケツ持ちや」という言い方はあるが、自分で「俺のケツ持ちはだれそれや」というのはチンピラのエクリチュールだ。ちなみに「チンピラ」とは、「子供（小物）

でありながら、えらそうな言動をするもの」（『新明解国語辞典』）とある。
そのような昨今の吉本漫才の芸風を黒川さんは「下品」と喝破したのにちがいない。

芸人が「おもんない」のはなぜか

また、暴力団組長と政治家とはジャンルが違うが、かれらにすり寄る、たむらけんじもよく似ている。

吉本興業の芸人であり、『炭火焼肉たむら』のオーナーのただ面白いだけの男、たむらけんじです。

これが、たむらけんじのTwitterのプロフィールだが、二〇一一年頃の橋下大阪府知事が大阪市長に鞍替えしようとした頃から大阪維新の会に近い態度を示し、「政界進出か」と騒がれたのをK氏は「焼肉屋から今度は議員か。何者《もん》やねん」と思っていた。
さらに一五年の大阪都構想の住民投票時には、「反対の立場の人気持ちが悪い！」とTwitterで発言して炎上したのも記憶に新しい。

「Twitter上には「#たむけんおもんない」というハッシュタグができているほどで、「たむけんは橋下人気に便乗して名前を売りたいだけ」「たむらけんじが物凄くみっともない」「たむけんが立候補したら腹抱えて笑う」とかもう言われ放題だった。

しっかし「たむけんおもんない」て「アホの坂田」みたいに人称名詞やなあ、ほんまうまいこと言うわ、とK氏はふと思い出し、「#たむけんおもんない」を検索すると、今も「#たむけんおもんないが出てきたので、あわててテレビ消しました」などと書き込みがあって、大阪の人間はホンマ殺生やなあ、と思うのであった。

このように大阪人は前に書いた俳優や役者の似非大阪弁と同様に、この手の大阪の芸人のスタンスに手厳しい。

「おもろいこと」を言うことが「商売」であるはずなのに「おもんない」のはなぜか。端的にいうと当の自分が口にしたり呟いたりする言葉と、それを担保するお笑いタレントとしての人格のズレであり、言語表現を支える思想の不在や空虚さを感じるからだ。

K氏は横山やすしのファンであり、漫才の天才だと思っている。

けれども街場で酔っぱらった芸人にエラそうにされたり、ヤカラを言われたりすると普通に腹が立つし、言い合いもする。もし蹴られたら蹴り返すし、シバかれたら警察に届ける。

漫才師は政治家でも財界人でもなく、街場の人間である。そういうオーセンティックな認識があるからだ。

もっぱら大阪の極道や警察官上がりのアウトローたちを書いてこられた黒川博行さんが「日頃しゃべっている言葉があんなんです。だから作品の中で、ここで笑わそうとか、ここでしゃれたことを言わそうとか、意識したことはないです」というのは、かれらが日常的にそう生きているからであって、かれらの徹底的に具体的な生活者としてのエクリチュールを見つめているからだ。

第二章

黒川博行ブンガクを支える「口語」表現

『迅雷』に見る台詞の壮絶さ

黒川博行さんのアウトローを描く作品の中で、一番ラジカルな物語はといえば『迅雷』だとK氏は絶賛する。

この作品の会話文の台詞の壮絶さは絶品である。おもろすぎる。

「わしはあれを見て、これや、と手を打った。裏の世界でシノギしてるやつから金をとったら、被害届なんか出えへんがな」思わせぶりな笑みを浮かべて、稲垣はつづける。
「――で、わしは極道を誘拐することにした」(文春文庫、五一頁)

と、冒頭の部分でいきなりこの小説の概要が出てくる。「しっかしなあ、暴力団員を誘拐するて、発想がヤバすぎるな」とK氏。

「よう考えてみい、極道は金持ってて懐がルーズや。不健康な生活しとるから体力はないし、バッジ見せたら怖いもんはないと思とるから挑発に乗りやすい。おまけにあちこちで恨みを買うてるから、身柄《ガラ》をさらわれても相手のめぼしがつかん。身代金をとるに

は最高の獲物やで」（略）
「うちの幹部が堅気に身代金とられました、見つけしだい命《たま》とってください……そんな恥さらしな廻状がまわると思うか」（略）
「しかし、ヤクザに脅しが効くんかい」
「山の中に穴掘って、首まで埋める。脅す怖さも脅される怖さも、極道は骨身に染みて分かってる」（五二、五三頁）

そこから命と引き替えにその次に大切なカネのやりとりの長い物語が始まる。「何から何までスゴい。スジが全部この会話で成り立っている」とK氏は唸っている。
実際に暴力団幹部を山中に攫《さら》って首だけ出して埋め、組員に「カネを用意させろ」と脅すシーンはこういう具合だ。

「あんたの説明の仕方がわるうて金を受け取れんかったら、あんたはここでムカデの餌や。いつか白骨死体が発見されるやろ」（六六頁）

ムカデが人の肉体を食べるかどうかは知らないが、むちゃくちゃリアルでおもろい台詞だ。

考えてみれば埋められるのは拳銃で撃たれるかして殺されてからなわけであるが、「ムカデの餌」として何千匹何百匹のムカデが自分の身体に群がるさまを想像するのは、あまりにもエゲツなおもろすぎる。

K氏によると、「蜘蛛の子を散らす」「馬車馬のように」といった昆虫や動物などの比喩は「故事熟語辞典に載ってて、学校で習うようなもんでは、おもろない」とのことだ。

『破門』『後妻業』のこの会話！

実生活において一番身近な「犬」の登場も当然のように多い。直木賞受賞作の『破門』での敵対する極道同士の会話はこうだ。

「な、桑原よ。二蝶のハグレが滝沢組に弓引いて、ただで済むと思とんのか」
「ただでは済まんやろ。指飛ばして詫び入れんとな」
「へっ、おまえの指なんぞ、犬の餌にもならんわ」
「そうかい。おどれの指はどうなんや。尻の穴もほじれんど」
「おもろいのう、おまえ」

比嘉はゆっくり立ちあがった。（角川文庫、三〇六、三〇七頁）

一触即発場面の台詞であるが、確かにおもろい。「指飛ばす」という表現は、「指を切る」「指を詰める」ではやっぱりあかんねん、とK氏。なんでダメなのかはよくわからないが、「ほんまに金槌で小指の上の鑿《のみ》がコンと叩かれて、指がピューっと飛んできそうな気がするやろ」とK氏。この人もなんでこんなこと知ってるのだろう。

そして「おもろいのう、おまえ」の後、ほとんど殺し合いの乱闘が始まるのだ。

『後妻業』はここや、とK氏。

主人公の小夜子の弟で出所したばかりの元ヤクザ・黒澤とマル暴担当刑事上がりの探偵・本多の会話だ。

「しょぼいのう。たった五、六人でなにができるんや」
「おまえはひとりでなにができるんや。前科持ちの元極道が」
「なんやと、こら。もういっぺんいうてみい」
「よう吠えるのう。おっさん」（文春文庫、三六四頁）

「よう吠えるのう」と弱犬扱いされた黒澤はここで手を出し、逆に本多に「雑巾に」されてしまい、後妻業の手口を吐かされてしまう。

犬に例えたり犬に食わせたりなんとも自由自在であり、具体的に犬の種類や大きさまで目に浮かびそうだ。

「（人が）雑巾にされ」たり「顔を提灯にされ」たり、確かに昨今の「フルボッコ」といった表現とは「ブンガク的な土壌の豊潤さが違う」のだとK氏は熱弁する。

黒川さんが言う、「日頃しゃべっている言葉があんなんです」の大阪的コミュニケーションは、アウトローの世界にとどまらない。

『後妻業』では小夜子の餌食になった資産家の元校長先生の二人娘、姉・尚子、妹・朋美の会話はこんな具合だ。


「あんた、確認してよ」

「どうやって」

「小夜子さんに訊けば」

「姉さんが訊いたらいいやんか」

「いやいやわ、そんなん」

「ややこしいことは、わたしなんやね」
「ね、このサンドイッチ、不味くない？」
「不味いからあげたんやんか」笑った。
「ひどいわ」尚子も笑う。（二一〇頁）

相手を説得するに、話をかぶせていってその一段上のコミュニケーションに接続している。確かに普通の大阪人の会話ですらこのように「おもろい」。

「東京弁で小説は書けない」

必ず一言多いのであるがそこに「俳味（一九九頁＠和田竜《りょう》）」があるのだ。キャッチボールの際、あたり前のように変化球を投げ返す。タダでは「イエス」とは言わない。文脈をひとつ飛ばす。

そういう会話は後妻業の女と結託する結婚相談所の所長と北新地のホステスのそれにも現れている。K氏が「最高やのお」とおもろがっている箇所だ。

藺美は上を向き、前髪を払う。「でも、あの子はラウンジの子に客を寝とられたんやで、と後ろ指さされるのは我慢できへん。わたし、店替わるわ」

「ほう、そうかい」どこにでも替われ。

「わたし、『与志乃』にバンスがあるねん。清算してよ」

「なんでおれがおまえのバンスを詰めんといかんのや」

「慰謝料やんか。いっぱいセックスしたやろ」

「おまえはそれでも新地のホステスかい。笑われるぞ」

「お金、ちょうだいよ、柏木さん」藺美は動じるふうがない。

「金が欲しいんやったら爺を紹介したる。一千万でも二千万でも、おまえの手練手管で稼げや」

「やっぱり結婚相談所の所長やね。いうことが洒落てるわ」

藺美は哄《わら》って、「責任とってよ。わたしが紹介した女と寝たんやろ」

七面倒な女だ。さんざっぱら金を使わせておいて、まだ金をくれといってくる。

「なんぼや、バンスは」訊いてやった。

「百五十万円」

意外に安い。

「半分なら払うたる。それ以上は出さん」

「あ、そう、じゃ払って。七十五万円と二十二万円」

「なんや、二十二万いうのは」

「『与志乃』のツケやんか。わたしが立て替えてるんやで」

「そんな金が手元にあるかい。今週、振り込む」

「今週て、いつよ」

「今週は今週や。金曜日まで四日もある」

「分かった。今週中やで」藺美は立ちあがった。

「二度と来るな。電話もメールもするな」

「そんなにわたしが嫌いなん?」

「厭《あ》きただけや」

「わたしといっしょやんか」

藺美は笑いながら出ていった。(三五一~三五三頁)

男女双方横綱クラス、絶妙な金のやりとりの交渉だ。具体的にこのふたりの声質まで聞こえてきそうだし、人相からファッションまで垣間見えそうだ。

K氏など「この女、時計はブルガリでフェラガモの靴なんか履いてそうやな。絶対そうや」と鼻をふくらませる。やはりかれは相当なアホである。

こういった会話の台詞こそが、黒川博行ブンガクの白眉《はくび》であり、「金の切れ目は縁の切れ目」などといった言い方が、陳腐極まりなく思えてしかたがない。

黒川さんは東野圭吾さんとの「オール讀物」（一四年九月号）の直木賞受賞記念対談で以下のように語っている。

> デビュー当時は編集者に、大阪が舞台でもいいから東京弁の小説を書けと言われましたが、その時はなんちゅう安易な発想やと思いました。もちろん本の大半が首都圏で売れるというのは知っていましたが、大阪に住んでる人間がそんな言葉を喋るわけない。そんな小説は書けません。

直木賞候補に挙がること六度。黒川ブンガクは大阪人のエクリチュールの豊潤さに徹頭徹尾焦点を当て続けてきた。

その「おもろさ」は、『破門』に続き「疫病神」コンビの最新刊『喧嘩《すてごろ》』（KADOKAWA）でも堪能できる。

「地の文より台詞考えてる時間のほうがずっと長い」

黒川博行さんのことを書いていたK氏に、ずばりのタイミングでとある文芸誌から黒川さんと朝井まかてさんの対談の進行役の依頼があった。

お二方とも直木賞をとられている。

朝井さんは二〇一三年。黒川さんは二〇一四年、なんと六回目の候補作『破門』での受賞だ。

あらかじめその『破門』に続く「疫病神」シリーズ六作目、『喧嘩』のパイロット版を出版社から送られたK氏は、午後七時ぐらいから夜中まで半日でそれを読み、「これもまたすごい。会話の台詞がおもろすぎるやんけ」と思いながら対談に備えた。

黒川さんは対談で「前作で『破門』された桑原ですが、どうなっていくのでしょう？　と思ってました」との質問に、「そやから、賞をとったから、また続けた……。どっちでもよかった、ほんまに。もう終えてもよかったし」と答えて、大いに笑いを取った。

新作『喧嘩』は、仕事が減った建設コンサルタント業の二宮に、高校の同級生だったという長原から仕事が来る。「おれ、いまこんなことしている」と渡された名刺には《光誠政治経済談話会　理事　長原聡》と書いてあった。

大阪九区選出の代議士の私設秘書であるが、「すごい肩書きと名前の字面やなあ。もうすでにここからが黒川さんや」とK氏は感心している。その感心の仕方が「おもろくてしゃあない」というふうだ。

「この話は金になる」と思った二宮が、またぞろ桑原にサバキを頼む。桑原は組を破門されている。そこからが泥沼。悪徳代議士に、その弱みをネタに党公認を取った政治記者あがりの府議会議員、ヤクザをあやつる秘書……。またまた「悪」のデパートメントストアに入っていく。

そして桑原、二宮コンビは、その悪を脅しにかかり、かれらのバックにいる暴力団との全面戦争に入る。もちろん目的は金である。見事なのは桑原、二宮コンビの関係性が微妙に変わってきたことだ。第一作の『疫病神』では主従関係がなかったが、回を重ねるごとに二宮が桑原に従属的になってきている。

K氏によると、黒川さんはそういうところを編集者から「桑原がヒーローになりすぎていますよ」と言われたそうだ。「あ、そうか」と思った黒川さんは、『破門』で「すごい困らせたろと思て、変えた」とのことだ。

その続編『喧嘩』では代紋を捨てた桑原になおも寄生虫のように金をねだる二宮になっているが、こういう会話の台詞もあって、絶妙におもろいのだ。

「いったい、なんですねん。朝っぱらから」

「飯や。腹減った」

「ひとりで食うたらええやないですか」

「孤食はあかんやろ。わしが独りで行くんは、朝の喫茶店と図書館だけや」

「図書館……。変わったとこ行くんですね」

「おまえは知識に対する敬意と欲求がないんか」

「図書館へ行ったら、知識と敬意が身につくんですか」

「森羅万象、世の中のすべてのことがらは本の中にある」（二五四頁）

玄関ドアが叩かれ、「起きんかい、こら」と声がする。立って、錠を外した。

「なんべんも電話したんやぞ」

桑原は靴を脱いであがってきた。「おまえの携帯は不携帯か」

「マナーモードにしてたんです」

「マナーのないやつがするな」（二六八頁）

K氏は膝を打ちながら、「いちいち、おもろいやろ。台詞が。ヤクザはこういうこと言わな、ええヤクザ違《ちゃ》うんや」とのたまう。
ヤクザに良いも悪いもあるとはちっとも知らなかった。
黒川さんはそんな台詞について、パソコンの前で、いちいち音読しながら一人芝居の練習のように何遍も何遍も書き直しているそうだ。奥さんが「なにをぶつぶつ言うてんの」と訝《いぶか》しがるなか、「あほの極みやの。おまえというやつは」などと呟いているのだそうだ。

僕の小説読んで、スイスイ台詞が流れてるから、楽そうに書いてると思うけども、アヒルの水かきと一緒で、あれの五倍ぐらい考えてます。どんどんどんどん削っていって。そやから、一時間に一枚ぐらいしか書けない。僕の小説って台詞で転がす小説ですから、台詞が死んでしもたら、もうダメなんです。それで、一時間に一枚ぐらい。地の文よりも台詞考えてる時間のほうがずっと長い。

そうおっしゃる黒川博行さんは流石《さすが》である。「そういうのをほんまの洗練、と言うんや」とはK氏の弁である。

人と人の関係性を描く「口語」表現こそ醍醐味

大阪弁のブンガク作品は、そのような人と人の関係性を描き出す「口語」の表現こそが醍醐味で、それは詩人であり小説家であり随筆家である富岡多恵子さんが喝破した「学校で習ったコトバや本でおぼえたコトバは、このひとたちには役に立たぬ」（「略歴」『富岡多恵子詩集』思潮社）ということにつきる。

詩人の島田陽子さんは、一九七〇年に大阪で開かれた日本万国博覧会のテーマソング『世界の国からこんにちは』の作詞者だが、詩集『大阪ことばあそびうた』を見ると、人と人の関係性を表す口語表現のみで、大阪（弁）ブンガクを創作している。

「好っきやねん、大阪」は、こうしてキーボードで叩き出すのも恥ずかしいぐらい、まるでブンガクではない（ポエムにもなっていない）が、地下鉄に貼られていた迷惑防止条例のポスターの「チカンアカン　――チカンは犯罪やで／絶対に黙ってたらアカン／見て見ぬふりはアカン――」は確かにおもろい。

これは、わかるひとにはわかりすぎるぐらいわかる一種の詩的感覚だ。

頑《かたく》なな自我や自己の表現、追求よりも、人と人との関係性を表現するスタンス。すなわち「じぶんじぶん言うてなんぼのもんやねん」という、ある種の質のいい大阪人が希求する「自意識の小ささ」に由来することからうまれ出すものなのだ。
　ひらがなばかりの連打でつくられた島田さんの詩集『大阪ことばあそびうた』（編集工房ノア）の「いうやんか」を読むとそれがよくわかる。

いうやんか

いうやんか
やさしい　かおして
いうやんか
やんわり　きついこと
いうやんか
いうやんか
やきもち　かくして
いうやんか
やたらに　べんちゃら

いうやんか
いうやんか
やつしの　くせして
いうやんか
やらしい　いけずを
いうやんか

べんちゃら…おべっか。おせじ
やつし…おめかしや。おしゃれ
やらしい…いやらしい
いけず…いじわる

コラム　大阪語を英語で言えますか？

大阪発祥に違いない「串カツ」「しゃぶしゃぶ」は、東京ほかでもすでに「ソース二度づけお断りのですよね」「お箸でつまんだまま、しゃぶしゃぶ」というような感じで知られている。

K氏は一度、仕事で「たこ焼き」「バッテラ」などを含め、大阪の食べものを英訳したときにいろんな発見をした。英語は極めて直截《ちょくせつ》的な言い方をする言語なのだ。だから英語で言えるということは、日本語のニュアンスをしっかり摑《つか》んでいるということになる。

ちなみに「串カツ」は「snack cutlet stick」、「しゃぶしゃぶ」は「sliced beef and vegetable hotpot」とした。

大阪で活躍している通訳の友人に入ってもらって、あーでもないこーでもないとやった結果だ。地元誌を長い間やって大阪についていろいろと著してきたK氏のこだわりは、こういうところに出る。

二〇一六年に出た『なんでやねんを英語で言えますか?』(川合亮平著・KADOKAWA)というおもろい英会話の本を見ていると、いきなり「しょうもな」(=That's dull.)、「しゃあない」(=Don't worry about it.)などという日常大阪弁が連発で、そうか標準語圏の人間には英語で説明するのも一つの手だなあ、と思った。

大阪弁を変に発音されたり、会話の最中にニュアンスが違って捉えられたり、そういう他所者《よそ》が使う「ピジン大阪弁」に不寛容な大阪人であるが、「大阪語」として英語できっちり訳したり説明したりする経験はなかなか貴重かも知れんなあ、などとK氏が思っていたところに、柴崎友香さんが朝日新聞の連載「季節の地図」でこういうことを書いていた。

アメリカで英語を聞いているとき、脳内では大阪弁に変換して理解していた。大阪弁で想像するとわかりやすかったし、気分が落ち着いた。共通語は浮かんでこなかった。わたしの母国語は日本語だが、「母語」は大阪弁なのだと実感した。しかし、細かく言えばわたしの母は広島出身、父は香川出身である。そうすると、わたしの言葉上の母は、大阪の街とそこに暮らす人達ということになる。(二〇一六年十二月十二日、夕刊)

さすがに芥川賞作家でますます作品に磨きがかかっている柴崎さんだ。「大阪の街とそこに暮らす人達」というところが最高やんけ、などと「街場」「街的」などという単語を多用してきたK氏はしびれているのだ。

K氏もアメリカや中国や韓国、タイやマレーシア、イタリア、フランス、キューバ……といろんなところに旅し、いろんな言語に接してきたが、そういえばストレートに大阪語に訳して理解したりコミュニケーションらしきものをしている。

その時の実感は「通じてるやん」というやつだ。


ただ「How much money?」も「C'est combien?」も「なんぼ（いくらですか）?」である。が「自分、なんぼのもんやねん」は、「How much money about you?」ではないということを解っている。

大阪弁の特徴はそういった言葉（そのもの）や言い回しはもちろんだが、大阪弁話者だからこその話の転がせ方にある。ボケる、ツッコむ、話を折る。

ツッコミの「なんでやねん」は「Shut up!/No way!/ Nonsense!」などであり、グチっぽい「なんでやねん」は「What're you doing?/What!?/ No way!」など、いろい

ろあることを川合亮平さんは指摘している。

大阪大学文学研究科の金水敏教授によると現代の「役割語」、つまり特定のキャラクターと結びついた、特徴ある言葉遣いとしての大阪弁は、冗談好きでおしゃべり好き、ケチ・拝金主義者、食いしん坊、派手好き、好色・下品、ど根性、やくざ・暴力団……といったステレオタイプがあるということだ。

さらに反権力、建前よりホンネ、論理よりも感情……といった特徴があると指摘されるが、そういう色分けだけで大阪弁を見るのは、当たっているけど殺生だなあ、とK氏は思うのだ。

そうではなくて、大阪弁は人と接するときの言語運用のスタンスであり、大阪弁をベースにものを感じたり自己表現する際の作法のようなものである。

大阪人が自己言及する際に、「あかんなあ」と自分を陥れたり、「ほんまにアホやろ」と自省的になったり、時として見られるテレやハニカミは、大阪弁が持つコミュニケーションについての様式である。大阪語を話すから大阪人はそういうふうな思考をし、表現をし、そういった行動をするという様式だ。

冒頭の串カツもしゃぶしゃぶも、大阪人が培ってきた食べ方の様式だ、と思うとK氏が英訳した際の目の付けどころがよくわかる。

補足すると「ソース二度づけお断り」も「肉を箸で挟んだましゃぶしゃぶ」も、一人でするものではない。隣に他者がいてソースを共用する、誰かと鍋を囲む、その際の行動様式である。

柴崎さんは先の朝日新聞で、アイオワで自分が書いた短編小説のなかの大阪弁の翻訳の会話の部分を、日本語がとても上手なアメリカ人が大阪らしい冗談を交えた朗読で熱演するのを見て、「日本語の共通語にするよりも」かれの英語訳の語りのほうが「大阪弁に近いように感じた」と述べている。

柴崎さんのその言語感覚こそが、まさに「言葉上の母は、大阪の街とそこに暮らす人達ということになる」と書かれた大阪語を母語とする都会人の理解や思考の様式なのである。

第三章

『細雪』——大阪弁が現代文で書かれるようになった時代

どんな大阪弁を喋ってたんやろ

谷崎潤一郎の『細雪』は近代〜現代の日本を代表する小説である。

それは万人が認めるところだ。哲学、現代思想が専門の内田樹《たつる》先生ですら、

「無人島に一冊だけ本を持っていってよいと言われたら、何を携行するか」という究極の問いに、私なら迷わず『細雪《ささめゆき》』と答えるはずだからである。

ずいぶん以前からそう思っていた。(「解説」『細雪 上』角川文庫、二九三頁)

というふうに書かれているほどだ。

ただ、根っからの天《あま》の邪鬼《じゃく》であるK氏は、高校生の時ぐらいから教科書かなんかで『細雪』にふれ、「昔の船場《せんば》のお嬢の辛気《しんき》臭いちまちましたこと、ようここまでねちねちとてんこ盛り書くなぁ、大谷崎さんは」などと言ってきた。

まったくぱらぱらとツマミ読みしかしてないくせに適当というか、だんじり祭岸和田の下町育ちらしい発言だ。

しかしこの人の大阪弁も擬態語が多いな。

それから半世紀経って「大阪ブンガク論」なる連載をしている今も、K氏は黒川博行さんのアウトロー極道小説を大変におもろがっていて、『細雪』についてては「船場のええしの家の事情を書いたもんをわれわれビンボー人が喜んでどないすんねん」などと嘯《うそぶ》いている。

あらら、そうか。「ええし」がわからん人がいてるんや。それならここにあるで、と牧村史陽編の『大阪ことば事典』（講談社学術文庫）を引いてみる。

「エェシ（名）良家の分限者《ぶげんしゃ》」とあり、近松の『女殺油地獄』から「よい衆の娘子達やおいへ様方」を引用している。「ビリで入ってもええしのぼんのランドセル　風仙泪」という川柳の引用もまことにおもろい。

この事典は昭和十年から編集が始まりきっちり二十年かけて出版にこぎつけた大著だ。

ということとは、この全面大阪弁長編小説である『細雪』は、昭和十一年から十六年までのことを書いたものであるから、ちょうどこの牧村さんの大仕事と時期が一致する。

これはなんだか面白そうだ、とK氏は直感する。

さらに『大阪ことば事典』の巻頭「はしがき」には牧村さんがこう記されている。

私が生まれた明治三十年代には、幕末生まれの者が社会の中核をなしており、それらの人達のほとんどは古い慣習を固守していた。この人達の言葉が私の耳に残っているのを、私は大変幸せなことだと思っている。こうした古い言葉を含めて、「大阪ことば」の今日までの変遷を記録することができるのは、私の年代の者をおいて他にいないと思う。

結局、本書は明治中期以後大正時代までの約三十年間を中心として、その後今日まで大阪市内で常用された言葉を集録したものであるが、大都市の性格上、他地方の方言がいくらか混入するのは免れない。都市も生きものであり、言葉もしかり、その点は諒とされたい。

『細雪』に目を移すと、四姉妹は昭和十一年（一九三六）段階で、鶴子三十六歳、幸子三十四歳、雪子三十歳、妙子二十六歳である。つまり鶴子は明治三十三年（一九〇〇）、幸子は明治三十五年生まれであり、一番下の妙子が明治四十三年生まれということになる。

なんとドンピシャである。

今回、K氏が文豪・谷崎の『細雪』を読み直そうとしたのは、まさにこれを発見したからであり、ようやく大阪弁が現代文で書かれるようになったあの時代——戦前・昭和十年代——の使われ方を注意深く見直してみようということだった。つまり「どんな大阪弁をしゃべってたんやろ」「今となにが同じで、なにが違うんやろ」ということだ。

「存在しないもの」の一つが大阪弁

家の本棚を見てみると、古い上・中・下に分かれた新潮文庫と、背中四センチぐらいのぶっとい中公文庫（何と九三六頁）があった。新しい中公文庫の『細雪（全）』（一九八三年初版）、「ナンで買うたんかなあ」などとぶつぶつ言いながらK氏は巻末の解説からめくるのであった（悪い癖である）。

解説は田辺聖子さん。「おんな文化の『根《ね》の堅州国《かたすくに》』」という副題がついている。ちなみに昨年（二〇一六年）の角川文庫版は内田樹先生が解説されていて、これを読むためだけに新版を買う価値がある（ネット上でもそれが読めるのだが）。名フレーズをここに記しておく。

> 『細雪』は喪失と哀惜の物語である。指の間から美しいものすべてがこぼれてゆくときの、指の感覚を精緻《せいち》に記述した物語である。だからこそ『細雪』には世界性を獲得するチャンスがあった。（二九八頁）

そしてこういう結びで終わっている。

昭和十年代にはかろうじてそのような美的生活の名残りが日本のところどころに残っていた。それがいずれ（近いうちに）根絶されるだろうということを谷崎は見通していた。この数行を谷崎はほとんど墓碑銘を刻むようなつもりで書いたのだろうと私は思う。

谷崎潤一郎は夏目漱石《なつめそうせき》、村上春樹《むらかみはるき》と並んで外国語訳の多い作家である。『細雪』や『陰翳礼讃《いんえいらいさん》』を耽読《たんどく》する外国人読者が数多く存在するということを私は不思議なことだとは思わない。

「存在するもの」は、それを所有している人と所有していない人をはっきりと差別化する。だが、「存在しないもの」は「かつてそれを所有していたが、失った」という人と、「ついに所有することができなかった」という人を喪失感においては差別しない。谷崎潤一郎の世界性はそこにあるのだと私は思う。（三〇〇頁）

その「存在しないもの」の一つが大阪弁であり、それは大阪語話者である『細雪』の蒔岡《まきおか》家も、これを書いているK氏も、さらに他語話者である人も喪失感においては差別されない。

また現在の大阪弁は大阪市が「大大阪」と呼ばれ、日本一の人口を誇っていた大正末から昭和初期にかけて形成されたというのが通説だ。つまり『細雪』の大阪弁には現在喋られているそれの原型と、もう「存在しなくなった」大阪弁が混じり合っているのだ。

昭和四〜五年にかけて、谷崎の助手を務めた高木治江さんの『谷崎家の思い出』（構想社／一九七七年）という著書がある。

高木さんは明治四十年（一九〇七）大阪市生まれ。大阪府女子専門学校卒後、谷崎家に住み込んで『卍《まんじ》』や『蓼喰ふ虫』の大阪弁指導・添削を行った。今でこそ和田竜さんのダブルミリオン・セラーの『村上海賊の娘』では執筆と同時に、NHK大河ドラマのように大阪〜泉州弁方言指導が入って「十六世紀の海賊的大坂侍」のリアリティを再現し大いに成功したが、『卍』の書かれた頃はまだ珍しかったのだろう。

「そうだ。僕が望んでいるのは、従来の大阪弁ではなくて、君達のようなインテリィの間で日常交わされている、現在生きている大阪弁で書きたいと思っているので、そのつもりで進めてもらいたい」（一二三頁）

などと、谷崎自身の非常に興味深い発言を入れている。

谷崎の草稿を読む高木さんは、会話文を中心に折々にふれ「この大阪弁ちょっとけったいですわ。ほんとの大阪弁と違いますよ」と注意を入れ、『蓼喰ふ虫』では母方が京都の女性であることから京都弁の監修もやることになった。

そんなところからもさすが文豪・谷崎、大阪〜関西語の奥行きと表現の多彩さを十分すぎるぐらいわかっているのが読み取れる。大谷崎が書いてみたくなるほど面白い言葉なのであろう。

「そらそやろ、中姉《なかあん》ちゃんの幸子のモデルが嫁はんの松子さんやんかいさぁ」とK氏はあまり普段使わない古っぽい大阪弁でわざと強調するのであった。

『細雪』の会話は大阪的にイケてる言い方

この長編小説は書かれる半分が四姉妹とその周りの会話で成り立っているが、このところ大阪語大阪弁文学に深く入り込んでいるそのK氏をして「完璧ちゃいますか」と言わしめている。

それは会話文で表現される船場言葉が、正統であるとか洗練されているとかそんなことではない。大阪弁の一バリアントとしてリアルにおもろいかどうかだ。

ちなみに『細雪』は美しい船場言葉だと言われているが、若い女性にしては結構汚く激しい言い方も多出していて、そこも谷崎の深い理解ゆえのことだ(「あとで出すわな」とK氏)。

まず旧い大阪弁について、本家の義兄が東京に住むことになった際、父の妹の「富永の叔母ちゃん」がやってきたときの会話。

そう云って叔母は、

「今日は雪ちゃんもこいさんもお内にいてやおまへんか」

と、昔ながらの船場言葉で云った。

「妙子はこの頃ずっと製作が忙しいいて、めったに戻ってけえしえへん。……」

と、幸子も古めかしい云い方に釣り込まれながら、

「……雪子はおりやっけど、呼んできまおか」(一八三頁)

「おまへんか」はK氏もよく聞いてきた、が「けえしえへん」「おりやっけど」「きまおか」は、これはとんと聞いたことがない。牧村さんの『大阪ことば事典』にも出てこない。けれども「古めかしい云い方に釣り込まれながら」が効いていて、これは「もう話されない旧い船場言葉やねんなあ」ということがわかる。非関西語圏の読者にはどうなのかはわからな

いが、K氏にはもちろん意味もありありと浮かんでくる。四姉妹の一世代上の叔母さん、つまりばりばりの「明治の人」を登場させ、敢えてというかここぞとばかりにというか、そのような旧い船場言葉を喋らせるところが、谷崎の凄いとこやねんなあ、とK氏は強調するのである。

大阪弁は失われない。変わるものが少しずつ変わるだけだ。

大阪弁の大きな特徴の一つであるオノマトペ（擬音語、擬態語）も『細雪』ではユニークだ。町人文化の大阪ではコミュニケーションにおいて、旺盛な音声会話によるやりとりが重視されてきたのだが、昭和に入ると作家・秋田實《みのる》がエンタツ・アチャコに台本を書き、新しい「しゃべくり漫才」として登場させた。「きみ」「ぼく」といった新しい言い方の人称で、家庭生活やスポーツ、恋愛など日常的な題材を扱って、近代的でモダンなタッチの掛け合い言葉が、新興のサラリーマン層や主婦層に大受けに受けた。

それが今の口語的関西弁の基礎になっているというのは通説である。

実際ラジオを聞くシーンは『細雪』にもよく登場するが、レコードも含めた新しい都市型のメディアによって、大阪のみならず東京はじめ他地方でもよく聞かれたエンタツ・アチャコの『早慶戦』の書き下ろしを見てみると、「チョイはずれのボール」「チョコチョコ相手になンなァ」「球はぐんぐん延びてます」などとオノマトペが多用される。

先の金水敏教授は、オノマトペを多用した関西弁の特徴は、「現場性を大事にし、はじらうことなく、生き生きと描写することを好み、また、場面を共有することで、話す人と聞く人の距離を近くすること」と解説する。

『細雪』ではこんな具合に使われている。

うちは高尚な趣味だの理窟だのが分る人でなくてもよいし、ガラガラした粗雑な人間でも差支えない（四七八頁）

それに、父がぱっぱっぱっとした豪快な気象であるのに反し（六四〇頁）

たしかその時も、日頃の因循《いんじゅん》な雪子に似合わず、理路整然と詰め寄って行き、辰雄がギュウ〳〵云わされたのであった（八二六頁）

それからぽつぽつ着替えの衣裳の詮議に取りかかり、大小二箇のスーツケースとボストンバッグに荷物を詰め、夕飯を済まして身拵えをすると、もう時間がキチキチであっ

た（八四七頁）
そして翌朝、ぐずぐずに納得してはしまったものの（九〇三頁）

K氏は以前、どこかで谷崎の『細雪』のなかの会話部分の執筆について、一日三枚のペースでじっくり推敲して作り上げたものだ、と読んだことがあるが、昭和十年代の現在進行形で表現されたこれらの表現は、「今読んでも実際に話しても大阪的にイケてる言い方や」と唸っている。

船場言葉の読み方

大阪の中心街・船場は、太閤秀吉が大坂城を築城するにあたり造成した土地で、堺や京都伏見、近江の商人たちがそこに強制的に移住させられ、商業都市の実現を見た城下町だ。本町を中心に、北は天神橋～淀屋橋～四つ橋、南は長堀橋～心斎橋～四つ橋までのラインのエリアで、堀川は埋められたものの碁盤目に町割りされた区画は現在も変わっていない。

鴻池家や住友家などの豪商、北浜や高麗橋の両替商、道修町の薬問屋、呉服問屋などあらゆる物資が集散する商人の町で、それが東京を凌いだ大正末期からの「大大阪」の中心として発展し戦前まで続いた。

『細雪』のなかで蒔岡家の商売については明らかに表現されていないが、表紙裏で「大阪船場の旧家蒔岡家」といきなり書かれるように、一家のおハイソぶりが前提としてある。

その船場言葉については「洗練された大阪弁」として持ち上げられることが多いが、それを東京山の手由来の丁寧語による「ざあます言葉」のような「上品（を目的化した）」な言語イメージに直結させると『細雪』は面白く読めない。

お母ちゃん悦子明日帰るよ、杉浦博士に診《み》てもうええ、こないしてたら神経衰弱ひどうなるばかりやわ（三九四頁）

何も自分たちは仕事をずるけたわけでもなければお秋さんに頼んだのでもない（四三六頁）

「診てもうええ」「仕事をずるけた」という言い方は、上品／下品の範疇を超えている表現だ。いうなれば「診てもらうにおよばない」「仕事をずるくさぼった」という言い方の大阪流短縮版だろうが、字面からもずば抜けて生き生きしている大阪語的言語運用が読み取れる。

> 「娘《とう》ちゃんは肥《こ》えてはりますさかい、単衣《ひとえ》のべべをお召しになると、お臀《いど》をきられまっせ」
>
> と、小槌屋が云うと、
>
> 「切られへんけど、大勢あとに尾《つ》いて来るわ」
>
> と、妙子が云っている（四六二頁）
>
> 「ほんに。……あたしかて、こいさんのためには味方になって、自分が誤解されてまで尽したげたつもりやのに、人に煮え湯呑ますようなことするねんさかいに、……」（四八四頁）
>
> 「ほんに、もう今度から鯖は決して食べるこッちゃないな」（七五七頁）
>
> 眼ェにゴミがはいったぐらい何やねん、医者は銭取《ぜにとり》主義やよって大層そうに云うねん、そんなもん今日のうちに直ってしまうがな、と云って出かけた（八一一頁）
>
> 「利用できるうちは先途《せんど》利用しといて、もう利用価値ないようになったいうて、低能の坊々にええ口あるやたら、一人で満州へ行ってしまえやたら、ようそんなことが云えたもんや思うわ。……」（八二六頁）

これらは順に、突破者の「こいさん」つまり末妹の妙子、次女で「御寮人《ごりょうん》さん」の幸子、幸子の婿養子の貞之助、もっとも古風な人格で描かれる三女雪子の台詞だ。

こういう啖呵《たんか》を切っているような歯切れの良さで、選び抜いたように「目にものを見せる」語彙を連打するところがこの大阪弁小説の圧巻であり、お嬢さんぶりを描く際の「はんなり」などといった上流階級の社会方言としての船場言葉のイメージでいってしまうと読み飛ばしてしまうのだ。

気がつけば一三枚、大変にトバしたK氏流『細雪』の大阪ブンガク論であるが、次は「これはグルメ小説やんけ」という観点からますますドライブがかかっている模様。

第四章

『細雪』はグルメ小説や！

「ええしの娘」ならではの喰い意地の張り方

久しぶりに『細雪』を通読したK氏は、「これはやっぱりグルメ小説やんか！」と感嘆した。大正末期の関東大震災の後、東京から関西に移り住んだ谷崎は、京都や大阪、神戸、阪神間の名店に行きまくっていた。行って食べた店のネタを自分の作品のなかで語ったり採り入れたりするだけでなく、大阪・堂島や京都・寺町ほかにある老舗バーの「サンボア」や、神戸トアロードの洋食の名店「ハイウエイ」を命名したりもしていた。

谷崎のゆかりの店をめぐる雑誌の特集やWebサイトも多い。

もともと京阪神の雑誌編集者であり、いろんなメディアに地元の街場の原稿も喜んで書くK氏は、よく谷崎の本をめくったりするのだが、それは「えーと、ここらへんにあったんちゃうかな」みたいな文献引用のための参照である。

が、今回珍しく九〇〇ページを超える大作の『細雪』を前から順番に最後まで一気読みしたK氏は、まず谷崎の異常なばかりの京都や大阪、神戸の飲食店や旅館、ホテル等々についての「食」の書きっぷりに、「何ちゅう作家さんや」と改めて驚くのであった。

とくに大阪や神戸で出回る「明石鯛」についての記述は、東京出身の谷崎がその旨さに出会って余程舌を巻いたらしく、すさまじいものがある。

まず上巻十九。主人公・幸子が「大阪船場のどんなお嬢なのか」という人となりを表現するのに、いきなり鯛の話が出てくる。そういうネタの引っぱり方はあまり類を見ない。

先にK氏が述べたが、幸子は谷崎の三人目妻・谷崎松子がモデルといわれている。

> 幸子は昔、貞之助と新婚旅行へ行った時に、箱根の旅館で食い物の好き嫌いの話が出、魚では何が一番好きかと聞かれたので、「鯛やわ」と答えて貞之助におかしがられたことがあった。貞之助が笑ったのは、鯛とはあまり月並過ぎるからであったが、しかし彼女の説によると、形から云っても、味から云っても、鯛こそは最も日本的なる魚であり、鯛を好かない日本人は日本人らしくないのであった。彼女のそういう心の中には、自分の生まれた上方《かみがた》こそは、日本で鯛の最も美味な地方、（略）鯛でも明石鯛《あかしだい》でなければ旨《うま》がらない幸子は、花も京都の花でなければ見たような気がしないのであった。（新潮文庫、一四八、一四九頁）

K氏は「いきなり〝明石鯛でなければ〟て相当やなあ」と言いつつ、「与謝野晶子さんもそうやった。こと鯛に関してはすごい執着や」と思い出す。それで嵐山光三郎さんの『文人悪食』（新潮文庫）をめくりはじめる。

あったあった一二五ページや。

晶子は堺の老舗菓子商［駿河屋］出身だ。［駿河屋］は元和年間に徳川頼宣が御三家として紀伊に転封された際の御用菓子司だ。

その［駿河屋］の分家である実家は代々食道楽の家柄で、大阪より魚が新鮮でうまい堺港に移り住んだ。［五郎鯛］という魚問屋をしていた叔父がいて、晶子は三歳ぐらいのとき、そこに預けられたことがあったこともあって、魚には大変うるさかった。

上京して二十二歳の時与謝野鉄幹と結婚した晶子は、僧侶の息子だった鉄幹の家の質素な食事に驚き、一二人の子どもを産み育てた。実家からの嫁入り道具を質に入れ、家族の米を買うなど相当の貧乏をしたらしい。

晩年のことだが、長男光の妻迪子夫人が小鯛《こだい》を買ってきて煮つけて出すと「私が育った堺は明石鯛というのが食べられ、目の下何寸といって買った。東京でいう小鯛は鯛ではない。鯛というものは少なくとも目の下四、五寸はあるものです」と言った。

他の好物は、ごま豆腐、ゆり根、そら豆、蒸しずし、すっぽん料理だった。あゆの干《ひ》物《もの》をもらうと「あゆの甘露煮を作ってくれ」と注文し、できあがった甘露煮を食べ「まあまあです」と批評した。（「好物あれこれ」『文人悪食』一三三頁）

というふうに、このあたりの鯛に対してのメンタリティすなわち「喰い意地の張り方」が表れる台詞は、大阪出身の「良衆《ええし》の娘」ならではだ。

食べ物に対して、鼻っぱしが強く、はっきり物を言うのは、常日頃から外食に慣れ親しんでいることからの「おいしいもの」へ対しての審美眼、つまり自分の「舌の自信」に担保されているからだ。

大阪も神戸もエエとこ知っている谷崎

「ここもすごいことになってるで」とK氏は『細雪』に戻って中巻三十を開く。なんと一章使って、神戸・生田前の江戸前鮨の［与兵］を舞台とした蒔岡家のグルメぶりに割かれている。

貞之助たちは海岸通から生田《いくた》前まで歩いて、今朝《けさ》席を申し込んでおいた与兵の暖簾《のれん》をくぐった（五〇八頁）

この鮨屋の親父は明治時代に有名だった東京・両国の名店［与兵衛］で修業した男で、鮨そのものは昔の両国の［与兵衛］とは少し違って以下引用のように上方ハイブリッドなものだった。

K氏によるとこのあたりが「大阪のみならず神戸もエエとこ知ってるなあ」である。

ちなみここに登場する［与兵］は、モデルとなっている神戸・三宮の鮨屋があった。［又平］という名前で、今も場所を替え東灘区を流れる住吉川のオーキッドコートで三代目があとを継いで盛況中だとのことだ。

> 親爺は東京で修業したものの、生れは神戸の人間なので、握り鮨ではあるけれども、彼の握るのは上方趣味のすこぶる顕著なものであった。たとえば酢は東京流の黄色いのを使わないで、白いのを使った。醤油も、東京人は決して使わない関西の溜《たまり》を使い、蝦《えび》、烏賊《いか》、鮑《あわび》等の鮨には食塩をふりかけて食べるようにすすめた。（五一〇、五一一頁）
>
> 彼の握るものは、鱧《はも》、河豚《ふぐ》、赤魚《あこう》、つばす、（略）鮪《まぐろ》は虐待してあまり用いず、小鰭《こはだ》、はしら、青柳《あおやぎ》、玉子焼等は全く店頭に影を見せなかった。（五一一頁）
>
> 蝦と鮑は必ず生きて動いているものを眼の前で料理して握り、（五一一頁）

種は日によっていろいろだけれども、鯛と蝦とは最も自慢で、どんな時でも缺かしたことはなく、いつも真っ先に握りたがるのは鯛であった。トロはないか、などという不心得な質問を発するお客は、決して歓迎されなかった。（五一二頁）

取り分け鯛の好きな幸子が、妙子にここを紹介されてから、たちまちこの鮨に魅了されて常連の一人になったのは当然であるが、実は雪子も、幸子に劣らないくらいこの鮨には誘惑を感じていた。少し大袈裟に云うならば、彼女を東京から関西の方へ惹き寄せる数々の牽引力の中に、この鮨もはいっていたと云えるかも知れない。彼女がいつも東京に在って思いを関西の空に馳せる時、第一に念頭に浮かぶのは蘆屋の家のことであるのは云うまでもないが、どこか頭の隅の方に、折々はこの店の様子や、親爺の風貌や、彼の庖丁の下で威勢よく跳ね返る明石鯛や車海老《くるまえび》のピチピチした姿も浮かんだ。彼女はどちらかといえば洋食党で、鮨は格別好きというほどではないのだけれども、東京に二た月三月もいて、赤身の刺身ばかり食べさせられることが続くと、あの明石鯛の味が舌の先に想い出されて来、あの、切り口が青貝のように底光りする白い美しい肉の色が眼の前にちらついて来て、それが奇妙にも、阪急沿線の明るい景色や、蘆屋の姉や姪《めい》などの面影と一つもののように見え出すのであった。そして、貞之助夫婦も、雪子の関西における楽しみの一つがこの鮨にあることを察していて、大概彼女の滞在中に一二度はここへ誘うのであるが、貞之助はそんな時に、幸子と雪子の席の間に自分の席を占めるようにして、時々、目立たぬように、妻と二人の義妹たちへそっと杯を廻してやるのであった。(五一二、五一三頁)

最後の引用はおおよそ文庫一ページ分。「谷崎にかかると明石鯛のことだけで、改行もなにもまったくないねんなあ」とK氏はほとんどあきれている。

食における大阪帝国主義

貞之助たちは海岸通から生田《いくた》前まで歩いて、今朝《けさ》席を申し込んでおいた与兵の暖簾《のれん》をくぐった

から始まるこの鮨屋・与兵でのシーンは、雪子が動いているのが気味が悪いとして車海老の「おどり鮨」が踊らなくなったのを確かめてから箸をとるまで、中巻三十のすべて九ページ分を割く。

「その動いてるのんが値打ちやがな」
「早よ食べなさい、食べたかて化けて出えへんが」
「車海老のお化けなんか、出たかて恐いことあれしまへんで」（五一六頁）

と食べるようにせかす、もう三十～四十代の堂々たる大年増であるはずの三姉妹の一番上の入り婿男ひとり、貞之助の台詞のやりとりもとてもとても大阪らしい。

またこんなシーンもある。

他所の鯛がいつも食べている極上の明石鯛ではなく、「まずい」と貶《けな》すところだ。「この幸子という人は、鯛ひとつでなかなか飽きさせまへんな」とK氏は苦笑いしている。

岐阜の「千万長者」の沢崎と雪子の見合いの席である。（下巻五）

今日は手料理というけれども、膳の上の色どりは、大垣あたりの仕出し屋から取り寄せたらしいものが大部分を占めていた。幸子は実は、暑い時分のことではあり、こういう風な生物《なまもの》の多い、しかも田舎の割烹店《かっぽうてん》で作るお定まりの会席料理などよりは、この家の台所で拵《こしら》える新鮮な蔬菜《そざい》の煮付けの方が食べたかったのであるが、試みに鯛の刺身に箸を着けてみると、果して口の中でぐにゃりとなるように身が柔らかい。鯛について特別に神経質な彼女は、慌《あわ》ててそれを一杯の酒と一緒に飲み下して、それきりしばらく箸を置いた。見渡したところ、彼女の食欲をそそるものは若鮎《わかあゆ》の塩焼だけであるが、これはさっき、未亡人が礼を云っていたところから察すると、沢崎が氷詰めにして土産《みやげ》に持ってきたものを、この家で焼いて出したので、仕出し屋の料理とは違うらしい。

「雪子ちゃん、鮎をいただきなさいな」(六一二頁)

「かなんなあ」とK氏は唸る。地方の料理に対してのむき出しの「食における大阪帝国主義」である。また書き方も徹底的に「女性的で」「いけずで」あるところに、「こら正真正銘のグルメやなあ」とK氏は加えてあきれるのである。

【東雅楼】のモデルを推測する

この芦（蘆）屋に住んでいる大阪人の女たちは、大阪よりもむしろ神戸のハイカラでエキゾチックなところに親しんでいるのが読み取れる。

「芦屋住まいの大阪の金持ちは、無いもん強請《ねだ》りやさかいなあ」とK氏。

オリエンタルホテルほかが他出する神戸の店は、中国料理にしても見事に使い分けている。街的極まりない一家だ。

上巻十六（一一八頁）と早い回に、こいさんつまり末妹の妙子が鯉川筋の画廊で個展を開き、作品の人形の大かたが一日で売約済みになる。三日目、会場の片付けを家族で手伝いに行き、その際に女ばかりで「なんか食べて帰ろう」というときのシーン。冒頭の悦ちゃんというのは幸子の娘である。


「悦ちゃん、今夜はこいさんに奢《おご》って貰《もら》お。こいさんお金持ちやよってに」

「そやそや」

と雪子も嗾《けしか》けるような口調で、

「どこがええ、悦ちゃん、洋食か、支那料理か」

「そうかて、まだお金受け取ってえへんねん。――」

と、妙子は空惚けようとしても空惚けきれないで、ニヤニヤしながら云った。

「構《か》めへんわ、こいさん、お金やったら立て換えとくが」（略）

「そんなら、東雅楼にしてんか、あそこが一番安いよってに」

「ケチやなあ、こいさんは。オリエンタルのグリル奮発しんかいな」

東雅楼というのは南京町にある、表の店で牛豚肉の切り売りもしている廣東料理の一膳めし屋なのであったが、（一一七、一一八頁）

「グリル奮発」しなくてその店に入ると、ロシア人の知人と会う。

「あの西洋人、支那料理好きやのん」
「あの人上海《シャンハイ》で育ったのんで、支那料理のことえらい通《つう》やねんわ。支那料理やったら普通の西洋人の行かんような汚《きたな》い家ほどおいしい云うて、神戸ではここが一番や云うねん」（一一九、一二〇頁）

そして、

悦子の好きな蝦《えび》の巻揚げ、鳩の卵のスープ、幸子の好きな鶩《あひる》の皮を焼いたのを味噌や葱《ねぎ》と一緒に餅の皮に包んで食べる料理、等々を盛った錫《すず》の食器を囲みながら、ひとしきりキリレンコ一家の噂がはずんだ。（一二二頁）

「なんちゅう、チャッカリもんやこの女どもは」とK氏は感心しながらも、「この店、美味そうやどこやろ」と昭和十年前後の南京町の地図を見ると［東興楼］と［大東楼］と類似した中華料理店名があった。［東雅楼］はその二軒あるいはどちらか一軒をモデルにしたものやろとK氏は推測している。

だが同じ中国料理でも、見合いの席には山手の［北京楼］である。「この建物がどこか支那の港町にあるような建て方」と微妙な書き方をしているが、この［北京楼］は実名だと思う。たしか石造りの神戸を代表するかつてのグラン・シノワで、震災前まで山本通三丁目の「移住センター」の並びにあったとK氏。

日本酒と紹興酒《しょうこうしゅ》と前菜とで晩餐が始められ、（略）
雪子は氷砂糖のはいった紹興酒の杯を舐《な》めるようにした。（二四五、二四六頁）

この見合いはまとまらなかった。けれども「氷砂糖のはいった紹興酒の杯を舐める」とは、すごい立ち居振る舞いだと思う。

何を食べたら黄疸になり下痢をするのか？

東京に越した本家を訪ねる際の奔放なグルメぶりも、これまたすさまじい。

この三姉妹は銀座の「ローマイヤア」で「独逸ビール」のジョッキを一人で一つずつ空けて、明くる日の夕飯時にも、ひとり宿にいた妙子は女将の食事の用意を断る。

> 昨夜の独逸ビールの味が忘れられず、今夜は妙子が輝雄にローマイヤアを奢った（五三〇頁）

極め付きは、幸子が病気になって黄疸《おうだん》の症状が出たシーン。これはまずいと、とにかく櫛田医師に往診を頼む。

> 「黄疸や、これは。間違いなし。――」
> 「昨日ビフテキの大きいのん食べましてん」
> 「それが原因ですな。ご馳走の食べ過ぎや。――蜆汁《しじみじる》を毎日飲むといいですな」（一

六二頁）

どんな大きなビフテキを食べると黄疸になるんだろうか。

「そもそも肉を食うて黄疸になる話なんか、聞いたことがないな」とK氏。

この『細雪』によって徹頭徹尾書き表される「大阪人のグルメ」ぶりは類まれなものである。雪子が子爵家へ輿入《こしい》れする場面でこの小説は終わるが、最後の一文はこの通りである。

そういえば、昔幸子が貞之助に嫁ぐ時にも、ちっとも楽しそうな様子なんかせず、妹たちに聞かれても、嬉しいことも何ともないと云って、きょうもまた衣えらびに日は暮れぬ嫁ぎゆき身のそぞろ悲しき、という歌を書いて示したことがあったのを、はからずも思い浮かべていたが、下痢はとうとうその日も止まらず、汽車に乗ってからもまだ続いていた。（九二九頁）

「下痢てか」。はて？

いったいこのええ年したお嬢、何を食べてそうなったのだろうか、と思うのはK氏だけではない。

第五章

大阪語・標準語の書き分けによるブンガク性

ブンガク性ゼロな「大阪嫌い」の東京人

谷崎が昭和七年に「中央公論」に書いた「私の見た大阪及び大阪人」（『谷崎潤一郎随筆集』岩波文庫に収録）に、このような「大阪の味覚」についてのくだりがある。

> 幸いにして此方の気候と食物とが最初から東京よりも自分の体質や嗜好《しこう》に合っていた。私の叔父や親戚《しんせき》なぞの中には、たまに此方へ遊びに来ても白い刺身に箸《はし》を付けず、煮物の水っぽいのが物足らず、醤油《しょうゆ》の仇塩《あだじお》っ辛《から》いのが気に入らずというような頑固《がんこ》な江戸っ児があるが、私は味覚の点においては始めから関西好みであった。（一一六頁）

さらにこう続ける。

> 私は昨冬六甲山麓の岡本の山荘を売り払い、借家住まいの身になったけれども、それでも上方を離れようという気はない。出来得べくんば今後も永久にこの地に腰を据え、やがては両親の墓をさえ、分骨して此方のお寺へ持って来ようと考えているくらいである。私のような純粋の東京者がそうまでこの土地と関係を結ぶようになったことを思う

と、不思議な因縁といわざるを得ないが、それと同時に、関西の風土人情に対して、善いにつけ悪いにつけ、私の愛情が日増しに深くなって行くのは甚だ自然の道理である。（一一六、一一七頁）

「もう上方趣味なんか、はるかに超越してるなあ」とK氏は唸っている。ただ、「けだし私はいつまでたっても東京人たる本来の気質は失わないであろう」とも書く。「東京からの移住者」という軸足の置き方だ。

「私の見た大阪及び大阪人」は、いきなり冒頭から、

銀座に道頓堀《どうとんぼり》のカフェ街が出現して大阪式経営法で客を呼んだり、法善寺横丁の「鶴源」がその裏通りに開業するという時勢になっては、東京人が上方《かみがた》に対してケチな反感を抱《いだ》いても追っ付かなくなってしまったが、（一一四頁）

と書き出す。K氏によると、谷崎より一回りほど下の明治三十三年生まれの東京人・安藤更生が昭和六年に自分の地元としての銀座を著した『銀座細見』（中公文庫）に、ずばりその「大阪カフェの銀座進出」というのが出てくる。谷崎の「私の見た大阪及び大阪人」は昭和七年に

書かれたものだから、まったく同じ時代のことだ。

章タイトル「七　カフェ」とされる下の要約からこうだ。

> 銀座はカフェの王であり、カフェは銀座の王である。プランタンの流れを引く家内工業的なカフェに対する、大阪カフェの大企業的撩乱。エロの乱舞、イットの安売り、かくして銀座は何処へ行くのか。（七〇頁）

続いて見出しが「カフェの起源」。嚆矢《こうし》としての「カフェプランタン」のことが書いてあり、松山省三がやっていたこと、店名は小山内薫《おさないかおる》が付けたことから始まり、「歳は二十六七」の二人の女給の「お柳」「お鶴」のことも書いてある。さすがに「細見」である。

その「プランタン」は、一般にはまだまだカフェがどのような店かは知らない人が多いことから、五〇銭の「倶楽部《くらぶ》」会費の「維持会員」を募った。五〇人ぐらいのメンバーが記されてあって、黒田清輝から始まり、森鷗外、永井荷風……、高村光太郎、北原白秋の次に谷崎潤一郎が出てくる。

「やっぱり谷崎、居てるんやなぁ」とK氏は納得する。

次の「カフェ列伝」は、カフェライオン、タイガア……と店名が小見出しになった強烈な店紹介だ。バーのルパンや銀座ビヤホール、資生堂のカフェなども書かれている。「ここや、ここ」とK氏が指摘するのは、「大阪カフェの東京進出」とわざわざ見出しを立てての以下のような罵詈雑言《ばりぞうごん》だ。

> 昭和五年の六月には美人座が銀座に開店し、三十人の大阪娘を女給として、数回に渉《わた》って飛行機で輸送し一大センセーションを起した。十月には日輪が京橋橋畔のビルディングに進出した。その家賃千八百円、敷金二万円、設備費二万円、宣伝費二千円と伝え、全ビルディングを被う大阪式五彩の電気サインで賑々しく開店した。次いで十一月の十二日には赤玉が……、（一一五、一一六頁）

と開店資金と設備の話が詳しく続き、

> 銀座は今や大阪カフェ、大阪娘、大阪エロの洪水である。大阪カフェの特色はまず第一にエロだ。大阪女給はエロ工場での熟練工である。この点ではまったく東京娘は敵わない。濃粧と、調子外れの色彩と、イット満喫では何処のお客でもダァと参ってしまわざるを得ない。それともう一つの特色は大衆性にある、

（略）そこへ行くと大阪のカフェの空気は全くインテリ性を没却している。（略）大阪風のカフェは、他のカフェやバーに比較して、その値段は著しく高い。赤玉ではサクラビールと突出しで一本一円という馬鹿らしい値段である。こんなことが果して東京でそのままやって行けるかどうか。（一一六、一一七頁）

彼女らはとくに大阪弁を使い、特に大阪風に振る舞う。試みに銀座会館の三階は上がってみたまえ、ここは最も濃厚に大阪色を呈している。そこにはたらく者は全部大阪人である。そのサービスも悉く大阪風である。入口に「○子さあん」と大声に女給を呼び上げる声、喧しい大阪弁、一人の客に一人の女給という濃厚な大阪式サービス、諸君は自ら果して東京にあるや大阪にあるやを疑うに至るであろう。（一一七、一一八頁）

ほんまにめんどくさい東京のおっさんである。この手の徹底的な「大阪嫌い」の東京人はしばしば見かけるが、「最後までブンガク性ゼロゼロやなあ」と言うK氏の通り、安藤のこの「銀座の大阪カフェ」についてのこの文は終わり方までエゲツない。キーボードを叩いていてもアホくさくなってくる。

だが、これはいったい何の事だ！　私は大阪が嫌いである。そこには何もない。あるものはエロと金ばかりだ。こんな文化が文化なら、我らは一日も早くブチ壊してしまわなければならぬ。

ダブダブの足袋と、口をきけば唾の飛ぶような関西弁と、無智な会話と、鈍感なサービスとエロ本位と、碌な食物も飲物もない、何がいったい面白いんだ。

私はインテレクチャルな要素のないものは何でも嫌いだ。客の個性も見分けることの出来ないようなサービス振りは大嫌いだ。大勢女を集めて騒ぐのが好きならレビューでも観に行った方が余程気がきいている。そうでなければ玉の井かチャブ屋へでも出掛けた方がいい。（一二〇頁）

「だいたい無教養のやつは無教養に、下品なやつは下品なものに過敏なんや」とK氏は嘆く。対して谷崎の「私の見た大阪及び大阪人」は真逆であり、とくに「東京弁」と「上方弁」の「声」の違いまで言及しているところはするどすぎる。長らく関西に住んでたまに東京に行くと、「東京人の話すカサカサした、乾涸《ひか》らびたような声」で真っ先に「東京だなあ」と感じる（一二八頁）。とくに女性については「アケスケで、お俠《きやん》で、蓮《はす》ッ葉《ぱ》であるだけに、何んとなく擦《す》れっ枯らしの感じがして、かえって下品だ」（一三三頁）とまで書く。

また「遊ばせ言葉」が嫌いで、「一つ一つの動詞に悉《ことごと》く『遊ばせ』をつけて、その廻りくどいいい廻しを早口に性急にべらべらとしゃべり立てるに至っては、沙汰《さた》の限りだ。あのくらい物々しく、わざとらしく、上品ぶっていてその実上品とは最も遠い感じのするものはない」（一三三頁）とボロクソで、K氏は「まったくその通りや」と、谷崎の声や語調の美意識のセンスに感心している。

安藤更生と同じ東京人、こうも距離が違うのか。

姉妹たちの「東京嫌い」

『細雪』では「大阪人」からの視点のあからさまな「東京弁」と「東京流」のエクリチュールについて言及している。「ほんまロラン・バルトの先取りや。さすが大谷崎」というK氏だが、「言葉遣い」は「ふるまい方」に直結しているというバルトの思想は、それより二十年以上も前に谷崎の小説によって以下のように書かれている。

彼女は相良夫人のような型の、気風から、態度から、物云いから、体のこなしから、何から何までパリパリの東京流の奥さんが、どうにも苦手なのであった。彼女も阪神間の奥さんたちの間では、いっぱし東京弁が使える組なのであるが、こういう夫人の前へ出ると、何となく気が引けて――というよりは、何か東京弁というものが浅ましいように感じられて来て、故意に使うのを差控えたくなり、かえって土地の言葉を出すようにした。それにまた、そういえば丹生夫人までが、いつも幸子と大阪弁で話す癖に、今日はお附合いのつもりか完全な東京弁を使うので、まるで別の人のようで、打ち解ける気になれないのであった。（略）今日の夫人はいつものおっとりとしたところがまるでなく、眼の使いよう、唇の曲げよう、煙草を吸う時の人差し指と中指の持って行きよう、――東京弁はまず表情やしぐさからああしなければ板に着かないのかも知れないが、何だか人柄がにわかに悪くなったように思えた。（一六九頁）

「彼女」は次女の幸子、モデルは谷崎の妻・松子である。徹底的に東京嫌いの幸子であり、「坊主憎けりゃ袈裟まで憎い、やなあ」とK氏が言うところは、幸子が東京へ移住した姉夫婦を訪ねる際の記述だ。

分けても彼女は東京の場末の街の殺風景なのが嫌いであったが、今日も青山の通りを

> 渋谷の方へ進んで行くに従い、夏の夕暮であるにもかかわらず、何となく寒々としたものが感じられ、遠い遠い見知らぬ国へ来てしまったような心地がした。（略）京都や大阪や神戸などとは全く違った、東京よりもまだ北の方の、北海道とか満州とかの新開地へでも来たような気がする。場末といってもこの辺はもう大東京の一部であり、渋谷駅から道玄坂《どうげんざか》に至る両側には、相当な店舗が並んでいて、繁華な一区画を形作っているのであるが、それでいて、どこかしっとりした潤《うるお》いに欠けてい、道行く人の顔つきの一つでも変に冷たく白《しら》ッちゃけているように見えるのは何故であろうか。（略）これが京都の市中などであると、たまたま始めての街筋へ出ても、前から知っていた街のような親しみを覚え、ついその辺の人に話しかけてみたくもなるのに、東京というところは、いつ来てみても自分には縁もゆかりもない、餘所々々《よそよそ》しい土地なのである。（略）それにしてもよくまあ姉がこういう街で暮していられるものよと思い、実際そこに行き着くまではまだ本当でないようにも感じられた。（三七八、三七九頁）

間違いのないように書き添えるが、太平洋戦争の爆撃で完膚無きまでに壊される前の「花の東京」である。そしていよいよ渋谷道玄坂の住宅街の姉宅でのシーンはこのように書かれる。

「叔母《おば》ちゃん、叔母ちゃん」

「お母ちゃん待ってはるで」

「僕の家すぐそこやで」（略）

「みんな大きゅうなったわなあ。大阪弁使うてくれなんだら、どこの子たちやら分らへん」

「あいつらみんな東京弁巧いんだけれど、叔母さんに歓迎の意を表して、大阪弁を使ってるんですよ」（三七九頁）

『細雪』で谷崎が書く姉妹たちの「東京嫌い」は、東京に住んでいる大阪人の言語運用にまで及ぶが、大阪人が東京弁すなわち標準語を操ることの違和感は、第二章で書いた他地方の人間が「変な大阪弁」を話すことの違和感同様に大きいものがある。

このあたりがK氏の力説する「大阪人の大阪語／標準語の書き分けによるブンガク性」である。

東京ほか他地方へ移住した関西人の関西語

以前も書いたが、東京に住む川上未映子さんが芥川賞受賞の際のインタビューで、「標準語で喋ると、脳味噌の一部がすごく硬くなっている気がするんです。イントネーションが分からんまま、探りながら喋っているから、すごい疲れてしまう」と述べていた。

「すごいようわかるわ」と言うK氏だが、大阪や京都から東京ほか他《た》地方へ移住した関西人にとって、すでに血と骨にまで身体化された大阪弁、関西語の言語運用は実際のところどのように変容していくのか。

これについては国語学者で東京大学名誉教授の尾上圭介さんが、著書『大阪ことば学』（岩波現代文庫）のあとがき「内なる大阪ことばを求めて」でとても興味深いことを書かれている。

尾上さんは大阪の十三に生まれ、小学校は豊中市、中高で灘校に通い、東大に進んだ。

> 大学受験のために上京してはじめて山手線に乗って聞いた東京の人の話しぶりというのは、それはもう、とても信じられないようなものであった。別に言わなくてもいいようなわかりきったことを、もってまわってたいそうに、声高に恥ずかし気もなくしゃべ

る人たちが世の中にいるということが、その時の私には驚きであった。スポーツ新聞の見出しにあるような大げさでものものしい漢字語を、私の感覚ではどうしても書きことばでしかない堅い堅いことばを、電車の中で堂々と生きた人間がしゃべっているというのは、大発見であった。日本にはいろんな所がある……はじめて故郷を離れた者が必ず持つその感想を、私はそういう仕方で持った。

そのような、よその土地で生活をするという息苦しさが、その後三、四年続いたように思う。それはことば遣いだけでなく、人の表情や身のこなし、電車の車内の暗さから街の景色、風の強さまで含めた、東京の空気の息苦しさであった。そんな空気の中で、私はどうしゃべればいいのか。（一九五、一九六頁）

この文章は強烈である。その後続けて「あのくそなまいきな話し方」とまで書いている。K氏も東京駅で山手線に乗り換えたとき、車内で子どもまでが「それでいいんじゃないの」「そうだろ」などと東京弁を喋ってるのを聞いて同様に「東京はガキのくせになまいきなことを言いよる」と思ったことを記憶している。けれどもそのうえで「やっぱり言語の問題は克服せんとあかんのか」とK氏は思ったが、さすがに国語学者の尾上さんである。同じ時期に上京した高校の同級生の話し方を分析する。

一つは、東京の人の話し方は論理的でよいと、意識的にあるいは無意識に東京に同化して、夏休みに大阪に帰ってもにわか仕込みの東京弁を使うタイプ。二番目は、東京でも大阪でもあい変わらず高校時代のままの関西風の話し方を続けるタイプ。これは、わりあい色の薄い関西弁をしゃべる男に多かった。三番目は、相手により場所により大阪弁と共通語を、アクセントや言いまわしまで含めて使い分けるタイプ。四番目は大阪風と東京風がごちゃごちゃに混ざってしまうタイプで、聞いていてこれが一番気持ちの悪いタイプであった。この四タイプが人数にして四分の一ずつぐらいあったように思う。私は、三番目のタイプであった。第一や第四のタイプは私には気色が悪くてできなかったし、かと言って、目の前の相手の話す東京風のことばとリズムやテンポが水と油のように全く違う大阪弁を押し通すという第二タイプも、私にはできなかった。第三の使い分けで行くよりほかに、できなかったのである。（一九六頁）

この文章を読んで「おお、そうなんか」と膝を打ったK氏、仕事場でよく一緒になる都市文化研究所所長の金井文宏さんに「東大のとき、金井さんはどうでしたん？」と訊いてみた。現在こちらでまちづくりや子育て、教育の仕事に従事する金井さんは、神戸市灘区の水道筋商店街生まれで、灘校から東大文一へ進んでいる。まったく尾上さんと同タイプの進路である。「これの二番目やで。いや、周りのほとんどがそうやったんちゃうかなあ。東大ほかでも関西出身者はみんな関西弁やで。話していてちょっと東京弁が入ろうものなら、お前カラダでも悪いんか、言うてた」とのことだ。

「何だその東京弁。気持ち悪いぞ」でも「馴れない標準語しゃべるなよ」でもなく、「カラダでも悪いんか」とぶっ放すところは、実に関西語話者的である。思わず笑ってしまう。

第一のタイプの東京弁～共通語に即座に同化する奴らに関しては、「地面を踏みしめる思考の足がついてない、観念の化けもんや」となかなか象徴的なことを言う。

関西弁を捨てた村上春樹

しかしながら、神戸高校から早稲田に進んだ村上春樹さんは完全に一番目のタイプである。「週刊朝日」連載の『村上朝日堂の逆襲』は八六年に単行本化されたが、そこに「関西弁について」という文章がある。『世界の終りとハードボイルド・ワンダーランド』で谷崎潤一郎賞をとり、次に上下巻で計一〇〇〇万部を超える大ヒット作となった『ノルウェイの森』を書き下ろしていたあたりの時代の文章だ。

東京に出てきていちばん驚いたことは僕の使う言葉が一週間のうちにほぼ完全に標準語——というか、つまり東京弁ですね——に変わってしまったことだった。僕としてはそんな言葉これまで使ったこともないし、とくに変えようという意識はなかったのだが、ふと気がついたら変わってしまっていたのである。気がついたら、「そんなこと言ったってさ、そりゃわかんないよ」という風になってしまっていたのである。同じ時に東京に出てきた関西の友だちには「お前なんや、それ。ちゃんと関西弁使たらええやないか、アホな言葉を使うな」と非難されたけれど、変わっちゃったものはもうどうしようもないのである。（新潮文庫、一一五頁）

「わかんない。ちゃったもん。やからなあ」とK氏。ともあれ、村上春樹のその「関西弁について」というコラムは、自分の小説は東京で書く文章であり、関西弁でものを考える独自の思考システムにはまりこんでしまうと、文章の質やリズムや発想が変わってしまう、と結んでいる。

毎年のようにノーベル文学賞候補に上がる「村上春樹のブンガク性」は、無国籍的だと指摘され続けてきたが、母語であった関西弁を捨てたところから始まっているといえるだろう。

「村上春樹は、そらそうやろ。それはそれでええんやんけ。それも悪くない、や」「悪くない」というところだけ東京弁で発音するK氏に笑かされてしまうが、これがブンガクの多様性を尊ぶK氏のスタンスのエエところである。「でもオレらは恋愛小説の『ノルウェイの森』でも何でも、関西イントネーションで読んでるもんな」とつけ加える。というよりこの人は、標準語で書かれた文章をNHKのアナウンサーのようには読めない。そのことを自分でわかっているというか、悟っているようなのだ。

問いとしてのヅラ

「同じ第一のタイプは、黒川博行さんこんなふうに登場させてるで。二〇一七年刊の『果鋭』にこう書いてる。おもろいで。ここや」と示す。

> 高校生まで大阪にいながら、東京の大学に四年いただけで、大阪にもどってきても、しつこく東京弁を喋るやつがたまにいる。今里署刑事課長の野中というヒラメがそのたぐいだった。（一七五頁）

「えげつないな、魚扱いや。けどヒラメの造りは旨いなあ」。K氏の話は逸《そ》れた（いつも逸れている）が、東京に出て行った大阪人の、それも作家や編集者など文章を書いたり、前述の尾上圭介さんのように日本語について研究する仕事に従事する人の言語感覚の「裂け目」は、津村記久子さんが『大阪的』（ミシマ社）で、ニューヨークの友人の話を例に見事に指摘している。

津村　高校の友だちがニューヨークに嫁に行ったんですけど、ニューヨークって世界の中心じゃないですか。なんでもある。それでその子からしたら、ほかの場所がちょっと見えにくくなってもうた感じなんですよね。（八四頁）

から始まる、大統領候補（当時）のドナルド・トランプ氏について、「ヅラなんかな」と思い続け、「ヅラやな、ヅラと思う?」みたいな話をし続けないとだめなんですよ、という意識感覚の言及がそれだ。

けれどもニューヨークで友だちに「トランプてヅラなん?」と切り出した津村さんに対し、友人は「そんなん旦那にも友だちにも聞けない」と言う。

大阪の人やのに。絶対にその子、ヅラかどうか確かめてくれると思ってたのに。その話をする前から、旦那は共和党なんだけどトランプが嫌いな共和党らしくて、ばりばりの弁護士で堅い。大統領選ですごい今盛り上がってる、っていう話を聞いてたんですけど、トランプってヅラなん？　みんなヅラって思ってんの？　って聞いたら、聞けないって。これが大阪の人だったら聞けるじゃないですか。「これはニューヨークに染まってしまったな」と思った。本当にヅラかどうかはわりとどうでも良くて、みんなヅラだと思ってるかどうか、ってことを聞きたかったたんです。（八四頁）

「そうや、ヅラやヅラ。さすが芥川賞も川端康成文学賞も今度の紫式部文学賞も総取りの津村記久子さん。これぞ大阪のブンガクど真ん中やなあ」と、同様に日常的に「ヅラ」とか「ハゲ」とかについて、それこそチューインガムのコピーの「お口の恋人」のように言う土壌に生まれ育ったK氏は感嘆するのだ。

あんな大富豪なのに、なんでそんなヅラっぽくしてるのかとか、ヅラっぽい髪型なんて大富豪やったら修正できるのになんでしないのかとか、もういっぱい疑問があるんですよ。でもその子は答えてくれなくなっちゃった。これが中央に行くってことか、と思って。（八五頁）

「中央に行く」ちゅう言い方が、大阪人としての双方にたまらん哀しさがある。K氏はそう言うが、「問いとしてのヅラ」は、「しゃべることが生きることであるという文化の中に、大阪人は生きているのである」（『大阪ことば学』一九三頁）といった大阪語話者特有のコミュニケーション流儀と、「笑いは複数の文脈が衝突し、重なるところに生ずる。初めからすっきりと一つの文脈の中に安定し、他の方向へも展開し得るような要素をあらかじめ排除してしまっているところには、笑いは生まれようがない」（同、一八八頁）複眼的重層性をもった思考様式は、ポピュリズム化する大統領選を徳俵に足を掛けながらうっちゃり、ひいては日米地位協定における辺野古問題の関節を脱臼させる強度に満ちている。

オダサクの書く「大阪の精神」

いよいよテンションが高くなってきたK氏は、「オダサクの書く『大阪の精神』についても、そこのとこや」とぶっ飛んだことを言う。

織田作之助が『可能性の文学』で書き出すのは、大阪が生んだ将棋の鬼・坂田三吉の死について であるが、『勝負師』では坂田三吉と自分が共有する、大阪人が東京へ出て行ったときにしばしば揮発し露出してしまう「ヅラ的な問い」について、坂田三吉の端歩突きを例にこう書くのだ。

私は坂田の中に私を見ていたのである。もっとも坂田の修業振りや私生活が私のそれに似ているというのではない。いうならば所謂坂田の将棋の性格、たとえば一生一代の負けられぬ大事な将棋の第一手に、九四歩突きなどという奇想天外の、前代未聞の、横紙破りの、個性の強い、乱暴な手を指すという天馬の如き溌剌とした、いやむしろ滅茶苦茶といってもよいくらいの坂田の態度を、その頃全く青春に背中を向けて心身共に病み疲れていた私は自分の未来に擬したく思ったのである。（略）大阪の人らしい茶目気や芝居気も現れている。近代将棋の合理的な理論よりも我流の融通無碍を信じ、それに頼り、それに憑かれるより外に自分を生かす道を知らなかった人の業《ごう》のあらわれである。（「勝負師」『織田作之助全集四』六八頁、講談社）

奇想天外の、前代未聞の、横紙破りの。大阪の人らしい茶目気、芝居気。そういうオダサクの引用をしているところに、タイミング良く町田康さんの新刊『関東戎夷焼煮袋《かんとうじゅういやきにぶくろ》』（幻戯書房）と、「新潮」二〇一七年九月号の二〇〇枚の作品『湖畔の愛』が立て続けに届くのであった。

「町田さんは、このオダサクの言う『可能性の文学』と『勝負師』そのものや」。いやさ、これぞ「現在進行形の、最前線の、大阪人のブンガクや」とK氏はプルプル震えている。

さあ次はいよいよ町田康さんの登場である。

第六章

完全無欠、大阪ブンガクの金字塔——町田康『告白』

河内弁による「音とリズム」のブンガク

「これこそ完全無欠、大阪ブンガクの金字塔や！」

そうK氏が叫ぶ小説は町田康さんの『告白』である。谷崎潤一郎賞を受賞した二〇〇五年の作品であり、中公文庫版八五〇ページの大作だ。

「ようこんなもん、よう、一丁書いてこましたろやんけ、と思うわ」とK氏はすでに町田さんの河内言語の世界に入り込んでいる。

この『告白』は河内音頭で唄い継がれてきた「河内十人斬り」をど正面から書いている。明治二十六年五月二十五日、金剛山麓の南河内水分村で実際に起きた大量殺人事件である。

その惨殺事件の犯人である主人公は、博打打ちの城戸熊太郎とその舎弟の谷弥五郎のふたり。やられる悪は、村の顔役・松永傳次郎とその息子兄弟の熊次郎・寅吉。

寅吉に女房・縫を寝取られ、熊次郎に縫との婚姻の件で五〇〇〇円だまし取られたうえ博打の借金をも踏み倒され、あげくのはてに一家にボコボコにドツキ回され半殺しの目に遭った城戸熊太郎。

その仕返しにと、谷弥五郎とともに松永一家の寝込みに殴り込み、十人斬殺し家に火を付けた話である。

元はと言えば、富田林署のお抱え人力車夫、岩井梅吉が人力車で警察官を運ぶときに詳細を聞き出し、それを盆踊りの際、櫓《やぐら》の上から河内音頭にのせて唄った。まるで浪曲師が出来事としてのニュースを河内音頭のメロディにのせて詠むがごとき伝統の「新聞詠み《しんもん》」であり、今なお唄い継がれる河内音頭の大ネタだ。

五歳と三歳の子どもを含め十人殺した熊太郎弥五郎は、金剛山に立て籠もる。明くる日には富田林、三日市、更池、古市、柏原、国分、八尾、教興寺の警察署より約一〇〇名の警官が結集、二十八日に武装した村民を含め総勢一四七名で包囲網をしき、二人を捕縛せんと山狩りに入る。

十日間あまりのすったもんだの山中の捕物帖のあと、熊太郎は弥五郎を村田銃で射殺し、自分も引き金に足指をかけ自殺する。

子どもの頃から河内音頭に親しんだK氏は、「これがベストや」と昭和四十年代録音の京山《きようやま》幸枝若《こうしわか》の「河内十人斬り」を取り出してきた。鼻息も荒いな。なんとカセットテープ四本に収録された超ロングバージョンである。ほかには鉄砲光三郎のＬＰも持っている。

百二十五年後の今なお、「男持つなら熊太郎弥五郎、十人殺して名を残す」などと唄に詠み継がれ、大量殺人に喝采を送り続ける河内の人てどうよ？　であるが、K氏によると、毎年盆踊りで櫓から定番「河内十人斬り」が聞こえるや、地元のおばちゃんたちは踊りながら「こんな男やったらついていくわ」、おっさんは腕組みして「これが男っちゅうもんや、なあ」などと聞き惚れるとのことだ。

町田さんの『告白』は長編小説、長くて三時間の音源よりも詳細でよりリアルな表現だ。やはりブンガクの醍醐味である。

色と欲の典型。姦通《かんつう》と借銭、金の魔力、賭博、暴力そして殺人……といった人間の属性としての狂気。そしてそれらについての言葉にならない思弁。

しっかり一週間かけて読んで、実に味わい深い正真正銘の代替不可能な作品である。

そしてこの小説は、徹底的な河内弁、それも主人公はじめ明治二十年代の南河内の極道含めたあらゆる人物の会話で成り立つ、河内～大阪言語による「音とリズム」のブンガクでもある。

「なんやと、この餓鬼ゃ、一緒さひてくれやとお？　はっはーん、ちゅうことは松永が縁談断ってきたんもどうせおどれが向こう行て、百万だらええ加減吐《ぬ》かしたからやろ。

なんちゅうことをさらすんじゃ、あほんだら。銭をどないしてくれんね、銭を。それを先に言わんかいな。銭どないすんのんか。銭のことも言わんとなにが嫁にくれじゃ、あほんだら。銭のないもんに娘やれるかいな、あほらしい」といってトラは立ち上がった。（五九八頁）

「この河内弁はどうやぁ。エゲツないやろ」とK氏。

ちなみにトラは、主人公熊太郎の嫁で松永寅吉と姦通する縫の母親である。娘の縫を村の有力者である松永一家にやって、金銭をせしめようと図る因業《いんごう》な婆である。

この数センテンス、二〇〇字足らずの文章だけでも、トラが「カネカネカネの亡者」であることがわかるだろう。

ただこの河内弁の乱れ打ちは、河内弁がどんな特徴を持つ言語かを知る関西人にも読みにくい。「これはエゲツない河内弁やなあ」というK氏にとっても何とか音に直して読めるが——黙読にしても文章を読むということは、自分で音読して自分の耳で聞くことである——標準語の人はどないするんや、音読不可能ちゃうんか、と思うのだ。

K氏の記憶なのだが、むかし寺山修司が宮沢賢治の詩について何かで、宮沢賢治の作品は地元の岩手弁で読まないと本当の良さはわからない、味わえない、と書いていた。
たしかに青森人の寺山が、岩手人の宮沢の詩を評して、言いそうなことである。
しかし大阪泉州の旧い街で育ったK氏は、高校の現国の授業でも大阪弁発音で読んできた。『永訣の朝』の「うすあかくいっそう陰惨な雲から　みぞれはびちょびちょふってくる（あめゆじゅとてちてけんじゃ）」は、寺山が言う岩手弁とはほど遠いイントネーションのはずだ。大阪や京都の中学・高校は、地元出身の先生が多く、授業ではあたり前にその地元関西弁の読み方で朗読していた。というか、授業でも授業外でもそれ以外の言葉を話していなかったからだ。

けれども国語の時間に泉州弁で読んだ高校生のK氏にも、行ったことのない岩手のうす寒い暗さや湿っぽい霙《みぞれ》の冬がリアルにたちあがったのである。

翻って『告白』の河内弁について。町田さんは「全国どこの人でも、極端な話、中国の留学生でも日本語を読める人なら（『告白』の小説世界に）連れて行く自信はあります」とK氏に語ったことがある。

K氏はその言葉にしびれた。さすが町田さん、レベルがちゃうなと思った。

「そら、町田さんの勝ちや。そやないと、とある方言で書かれたブンガク作品が、その地方の方言の音読やないとホンマのとこ読めへんかったら、作品自体がその地方だけのもんになって、閉じてまうやんか」と、「大阪ブンガクの可能性」についてK氏の言及が始まるのだった。

ひらがなの多用、漢字の字面のバランス、小文字による音表記、助詞の省略

町田さんは「河内十人斬り」の現場から近い堺の出身であり、この作品を書くにあたって現地を何回も取材している。さらに巻末には、K氏の挙げた京山幸枝若のロングバージョンはじめ河内家菊水丸まで、さまざまな河内音頭が「主な参考音源」と記されている。

さすがパンクロッカーの町田さんは耳が良い。

今の富田林や千早赤阪村のお百姓が喋っている河内弁を聞き、そのうえで「そうではないなあ」と、この『告白』において明治二十六年のあの愛憎の挙げ句の果ての大惨殺事件「河内十人斬り」の世界の河内弁を脚色したと言う。

K氏が「最高やのお」というところは、谷弥五郎がまだ十四、五のガキだったときに、大人の、ヤクザだらけの賭場に、

「そんなこと言わんと。遊ばしてくれや。子供かて銭もってたら客やんけ。ほら、銭はこないしてちゃあんと持っとんね」（一八七頁）

とやって来るところだ。

このシーンが熊太郎、弥五郎の出会いでもある。

まだまだ子供の弥五郎は、博打の参加について、

「あかんちゅとるやろ。さっさと去《い》なんと正味、えらい目遭わすど」

と言われ、持ち銭を取りあげられる。

「わいの巾着、なにするんじゃ。かやしてくれや」
「じゃかあしんじゃ、あほんだら。さっさと失せさらせ」
「かえさへんかったら警察ィ言いにいくど」（略）
「ははは。ぼけ。おまえが警察ィ走ってる間にわしら疾《と》うに莫蓙《ござ》巻いて去《い》んでるわ」
「ははは。あほんだら。人相書きちゅうもんがあんのん知らんのか。わいはもうおどれらの顔の造作、みな覚えてしもたわ。それ警察ィ行て言《ゆ》うたらおどれらみな監獄いっきゃ、はは、おもろ」（一八八、一八九頁）

このように極道者の大人たちと互角に言い合う弥五郎は、警察よりも、

「この足で富田林の東井一家の妻籠親分とこィ行てこれこれこういう人間が博奕してましたて言いにいったるわ。むこは玄人《くろうと》や。おまえらみんな半殺しにされるわ」（一九〇頁）

などと恫喝まがいのことをぶっ放す。


「なにぬかしゃがんね。われ正味、行く気け？」

「それが嫌やったらわいの巾着かやしてくれや」

「巾着かやしたら東井一家には言いにいけへんのか」

「いやあかんな」

「なんでやね」

「わいかて男や。ここまで虚仮《こけ》にされて黙ってるわけにはいかんわ。それでも言って欲しないにゃったら、おい兄ちゃん、それなりのもん出したれや」と少年は凄んだ。

正味の節ちゃんは凄まれて一瞬たじろいだが、じきに癇《かん》を立て、

「おう、餓鬼、おちょくっとったらあかんど、こらあ」と怒鳴った。

子供に凄まれたうえ一瞬でもたじろいでしまったという事実を自ら認めたくなかったのである。

「俺はなあ、正味の節ちゃんちゅてここらではちょっと名ァの知れた人間や。おどれらみたいな坊主に凄まれて銭出すとおもとんのかど阿呆。東井一家に言いにやとお？　ぼけがっ。言いに行こ思ても行かれへん身体に正味したるわ」と言い、それから客の方に向かって言った。（一九〇、一九一頁）

大人の極道者に囲まれ、蹴られても殴られても、単身で向かって一歩も引かない弥五郎であったが、さんざんなぶられる。そこに居合わせ一部始終を見ていた熊太郎が「もう、蹴んのんやめとけや」と止める。

自分が十五歳のときに起こした殺人の際の記憶、「この暴力の『感じ』に根源的な不快を覚えていた」からだ。


結局、熊太郎は少年・弥五郎を救う形で大立ち回り。子供のくせに、

「この餓鬼、短刀《どす》のんでけつかった」

弥五郎は客の一人のアキレス腱を切ったり、熊太郎も割り木を振り回して殴ったりして「賭《や》

場《ま》」を荒らす。

「ここがよう出来《でけ》た河内音頭そのままやんけ」とK氏がその「賭場荒らし」後の熊太郎、弥五郎の会話の部分を指さす。


「ところで、なんで子供のくせして博奕までして銭儲けしょうおもてん?」と尋ねた。

　尋ねられた弥五郎は最初のうちは、「そら、銭は誰かて欲しもんや」などとぐずぐず言っていたが、やがて意を決したように言った。

「わたいの妹がな奉公ィ行てん」

「われの妹ちゅたら、年ゃなんぼや」

「十一ゃ」

「ほん」

「その妹が兄やん奉公は辛いさかいにやめさいてくれちゅいよんにゃ。しゃあけどそれまでわいらがいてた親戚の家の治兵衛ちゅうおっさんが給金を前借りしとるさかいにゃめられへんにゃんけ」

「なるほどわかった。つまりおまえは妹の前借りを払たろうとこないおもて博奕場に行たんちゅうこっちゃな」

「そういうこっちゃ。しゃあけどお陰で銭がでけた。おおきにな、兄さん」と弥五郎はまた頭を下げた。（二一三、二一四頁）

この出会いがあって「生まれは別々でも、死ぬときゃ一緒」と音頭に唄われる名文句、その十二年後の松永一家へ、死を覚悟しての殴り込みの直前、弥五郎は妹の奉公先へ今生の別れを告げに行く。

『告白』では約五〇〇ページ後の会話がこれだ。


「あれ。兄やんやないけ。こんなとこ来てどなしたんや。また、銭か」

「阿呆ぬかせ。奉公してるおまえに銭みたなもん借りにくるかれ。こないだはちょっと細かいもんがなかったさかい煙草銭借ったんやないけ」

「あ、細かいもんがなかったんか」

「そやがな」

「ほな大っきいもんはあったんけ」

「口の減らん餓鬼やで。きょうはちゃうね、ちょう話あるさかいに主屋でおまえの居所聞いてやってきたんや」

弥五郎はそう言うと懐から一円を取り出し、これを梁に与えた。

「こ、これは」

「とっとけ」

「兄やん、また悪いことでもしたんとちゃうんけ」

「心配しいな。そんな銭とちゃうよ。おまえも年頃やないけ。いつともそんな野良着きてんとよそ行きのべべ買い」

と、いつになく親身なことをいう兄の様子に胸騒ぎを覚えて梁は言った。

「そら嬉しけど、兄やん、なんでこんな大金をわたしに呉れんね」

急に泣き出しそうな梁の顔を見た弥五郎は、初めは遠くに働きに行って当分の間会えぬのだ、と尋常の暇乞《いとまご》いを言ってごまかそうと思っていたが、急にそんな風に取り繕うのが面倒になって言った。

「実はな、わしゃ、今度、死なんならんことになってな。おまえとも今日で別れんならん。おまえもわしがおらんようになったら寂しかろうが、ええ人間みつけてその人頼りに、達者で暮らしてや」（七三六、七三七頁）

泉州弁話者であるK氏が「こんな感じやろ」と河内弁と思しきアーティキュレーション（音楽のような話調）で台詞を音読し、「泣かせるやろ」とのことだが、逆に一度標準語話者に音読してもらうとどうだろうか。

さんざ「あかんあっかえ。へんな大阪弁やんけ。ピジン大阪弁はあかん」とK氏はおちょくるだろうが、東京弁の人にも「わかるねぇ」となるはずだ。

必要以上とも思えるひらがなの多用と、表意文字そのものの漢字の字面のバランス。母音を伸ばしたりする際のひらがなカタカナ併用の小文字による音表記。助詞の省略。

明治二十六年の南河内の現場の本当のイントネーションは、書き手である町田さんもわからないはずなのであるが、始めに視覚的にひっかかりながらもまっすぐ入ってくる書き言葉、すなわち物語として書物に印刷される独特極まりない能記と語感は、否応なしに読む者を明治半ばのあの初夏の猟奇事件の「河内世界」に巻き込んでいくのだ。

「役割語」の顚覆を図る

大阪で街の雑誌の編集者だったK氏は、町田康さんの文学に精通している。

「登場人物に喋らす大阪弁は、阪大の金水敏教授が明らかにした『役割語』を逆立ち、いや脱臼させたもんや。並大抵の技芸やない」とベタほめだ。

「役割語」とは「特定のキャラクターと結びついた、特徴ある言葉遣いのこと」で、金水先生はここ近年の大阪弁・関西弁の役割語には、「冗談好きでおしゃべり好き、ケチ・拝金主義者、食いしん坊、派手好き、好色・下品、ど根性、やくざ・暴力団……といったステレオタイプがある」ということを明らかにしている。

すなわち小説はじめ漫画や映画、ドラマにしろ「浪速のド根性見せたる！」「世の中はなぁ、銭《ゼニ》と色《イロ》で動いてるんや」といった大阪弁を喋る登場人物と先に挙げたキャラクターがリンクしているということだ。

要するに「もうかりまっか？」と登場人物に言わせることによって、商人《あきんど》らしい商人を描く、といった図式なのだ。

K氏にとっては「それが地元の人間にとっては、たこ焼き・吉本・タイガース（安倍首相の神戸での演説の例のように）みたいなんは、おもろくも何ともないんや」とのことなのだ。

同じ岸和田出身の清原和博の「番長日記」は、「おぅワイや！」で始まり、「はじめにピシッと言うとく」「ムカつくのぅ」「エラい目にあわさなあかんな」とかでさんざん引っ張った上、最後に「以上、清原調でお届けしました」なのだが、当の清原は「ワイなんて自分では言わない」とメディアで何回も言及している。

「あれは『FRIDAY』のスキャンダル系ヤバい写真がらみの文章で、確かにおもろかったけど、ナンボ何でも文学作品とちゃうわな」とK氏。

K氏にとって大阪弁は、基本的に話す言葉やし、面白い言葉やと思てるけど、大阪弁で書かれた詩や文に出会うと、たとえば「大阪、ごっつう好きやねん」とか「ニュー関西弁が登場したら、ほんまに日本が変わるかも知れへんね。言葉から見なおすことができたら、力が湧いてくるんやないやろか」とか、「おぅワイや！」の番長日記的な文は、こちらの人間として恥ずかしいと思う。鬱陶《うっとう》しくて時には腹立たしくなったりする。

「冷めたたこ焼きを食わされてるみたいや」

なのである。これは岩下志麻の『極妻』においての台詞と同様に「下手や」とも思う。反して大阪市営地下鉄ポスターの「チカンアカン」は「上手や」と思う。「この大阪弁運用のセンスの違いはなにか」とK氏は考えるのであった。

けれども大阪弁を多用する町田康の作品には、時代感覚を越えて、「うまいこと大阪弁を使うなあ」と思う。大阪弁で読む擬音語擬態語多用。あるいは「くわぁ」とか「あかんではないか」とか。

その言語運用感覚はどこから来るものか。

それも凄惨な「河内十人斬りの時空」をリアルにその土地その時代の河内世界とそこでの言葉を想定して描いた作品『告白』は例外的で、町田さんの小説空間は、まったく場所の地方性や時代性を特定できないものがほとんどだ。

『パンク侍、斬られて候』は江戸期と思しき時代小説だが、いきなりレゲエ・シンガーのボブ・マーリーとジミー・クリフ、夏目漱石の『吾輩は猫である』が出てきたり、K氏によると「ぐちゃぐちゃの世界や。誰も真似でけへん」名作である。

そのK氏が「一番おもろい。ひょっとしたら著者の町田さん本人より、オレのほうが読んでるんちゃうか」という短編小説集が〇五年に出版された『浄土』（講談社）である。

ここに収録された作品の数々で、町田さんは「役割語」の顚覆《てんぷく》を図っているのだ。

大阪弁を「ズラせながら次に捻って一回転半」みたいな感じで登場させてるんやなあ、とK氏は指摘する。

大阪弁を使いすぎない――「あぱぱ踊り」「ギャオスの話」

普通、文学作品にしても新聞記事にしても、「大阪弁で書く」ということは、あくまでも話し言葉の描写であり、書き言葉の場合は若干違う。

関西～大阪弁を書く場合、そんなこと言われてもわかりまへんがな。とか、難《むず》かしてどもなりませんわ。などというように（地の文で）は書かない。これでは読みにくいからだ。だからこそあえて書く場合は会話文として「　」の中に入れてしまうことが多く、K氏たちが関西ローカルでやってきた新聞雑誌の場合もおおむねそうだ。

熊太郎は「おっさん、なにゆうてんねん」と思った。

とか、

調べによるとK容疑者は、死亡した被害者から「しばくぞ」とどなられて「むかついてカッとなって、やったれと思た」と話した。

とまあ、こんな具合に表記する。

ところが町田さんの短編集『浄土』は、「全然違う作品が多い。いきなり地の文で大阪弁を使《つこ》てから、登場人物はあくまでも標準語がベースなんや」とK氏。

「本音街」は「タクシーも本音街に行ってくれ、と言うと嫌がって、道を知らない振りをする」変わった街の話だ。「本音で話し、生きる人」がいる街だ。もちろん架空の街であり、もちろん関西地方の「ある街」のことではない。

書き出しはこうだ。


久しぶりに本音街に行きたくなった。

毎日、あほやうどんにまみれて生活しているとたまに本音街に行きたくなる。（講談社文庫、一三三頁）

これはとくに東京人もよく知っている大阪の象徴たる「あほやうどん」であり、そうなると関西人は「ほ」を上げて、「うどん」をフラットにする、大阪アクセントで読むしかない。

あとはほんの三カ所だけ、「本音街へ着いたとき」と「最後の一文」のところが「地の文」で使われていて、「本音街」で見たこと聞いたことに対しての「私」つまり主人公の思いが大阪弁で物語られるだけだ。


あしこで休んでこましたろ。とわざわざ上方の言葉を口に出したのはなんとなく気後れしている自分を鼓舞するためで、なぜ気後れするかというと、（一三五頁）

「いまエレベーターのなかで屁をこいたので臭いですよ」
私は本音街のこういうところが好きだ。（略）
私がエレベーターに乗ったら屁をこいたことはすぐに露見してしまうのに知らない振りをする。なんでそんなことができるかというと建て前で生きているからだ。そして私も私で、声高に、「さっきの女が屁をこきよったからくっさいなあ」と周囲の人に言うこともなく、渋面をつくって無言で階数表示を見上げている。私もまた建て前で生きてしまっているのだ。（一三六、一三七頁）

最後の結語はこうだ。

闇に向かっておもうさま本音を言ってこましたろうと思ったが、なにも思いつかなかった。（一五五頁）

そのほかの人々の会話による「本音街」の描写は、

「さよならというのはどういうことですか」

「もうあなたと別れるということです」

「なぜですか。僕は少しふざけただけです。別れないでください」

「いえ。私はあなたと別れます。なぜならあなたが途轍もない馬鹿だとわかったからです。私はあなたのことがほとほと嫌になりました。足は臭いし、チンポが臭いくせにフェラチオしろと言うし」

「わかりました。足とチンポも洗います。だから別れないでください」

「一日何回洗うのですか」

「足が一回、チンポが二回でどうでしょうか」

「やはり別れます。フェラチオ自体が面倒くさいのです」（一四一、一四二頁）

というパンクな話が手を替え品を替え続く。

「無茶苦茶おもろい小説やねんな。そこで大阪弁を使いすぎると、これはもう旨いピザが食べられへんなくなるタバスコ的に、ほんまうまく使われているのが最高」とK氏は力説する。

主人公が、自意識メガトン級過剰男に遭遇する「あぱぱ踊り」の書き出しも大阪弁が使われている。この作品も舞台はとある「汚い場末の往来。」、「を南に曲がった裏が倉庫街」であり、日本列島上の具体的な場所は、文章からは思い浮かべられない。

秋であった。夏であった。どっちや？　秋であった。風が涼しいなあ。首筋が寒いなあ。多くの人がたくさんの人が、どっちや？　多くの人がリストラの恐怖に怯えつつ往来を寂しそうに歩いていた。（略）景況が悪しいため物流が減衰して倉庫の需要があんまりないのであった。あんまりやわ。あんまりやわ。あんまりやわ。あんまりやわ。気が触れたようなリピートビートが鳴り響いていた。（九一、九二頁）

その後は、ピタリと大阪弁が止む。そして軽薄極まりない自意識過剰男、つまり悪辣《あくらつ》な登場人物に、

「いやそういうんじゃなくってもっとピースな感じっていうのかなあ」（一一六頁）

のような現代的（夜中のバラエティ番組に登場する東京の若者的）な標準語を延々喋らせて

いるのだ。

「いや、っていうか、俺の凄さっていうのはもうはっきり言って俺自身もわからんほどのもんですよ。つまりね、俺がね俺がね、なぜ俺の凄さが俺のなかで凄いことになってるか、っていうことを、でしょ？　つまり訊いてるのは。つまりそれはね、俺の凄さっていうのは悪にも向かうことができるわけ。善にも向かうことができるわけ。けどはっきりいって人間なんでしょ？　俺は。っていうか、俺ですら人間な訳じゃないですか」（一〇〇、一〇一頁）

そしていきなり一カ所だけこんな具合だ。


「っていうか、なにが言いたいの」

「なにが言いたいってあんたが言ったんでしょ。エケメに行けばわかるって」

「それはいった」

「じゃあ証明してよ」

「っていうかそれはもうわかってることとやん」

男は急に関西弁を使った。
「なにがどうわかってんのよ」（一一五頁）

中野区に恐ろしい「ギャオス」が出現する「ギャオスの話」は、内閣総理大臣である錦奔一が、自衛隊の出動を命じる。

関係者は「このまま真っ直ぐ南下して代々木公園に行ってくんねえかな」と思った。一般の都民は「くんな。こっちにくんな」と思っていた。（一六七頁）
実は奔一はアメリカ合衆国大統領ゲオルグ・スターから、「なんやったら僕らの軍隊が出動したってもええよ」と云われていたのである。（一六九頁）
もし米軍がギャオスに手もなくひねられたら自信満々であったスターはどういう反応を示すだろうか。
意地になるに決まっている。連中が意地になるということはどういうことかというと戦術をエスカレートさせるということで（略）劣化ウラン弾とかを使用するということである。そうなったら、「うちそれまずいんでどうかひとつ穏便にお願いします」といって済まなくなって、連中は、「だいたいそっちが頼んだんやんけ」なんて理窟になら

ぬことをいって強行するに決まっている。（一七〇頁）

はははっ、米大統領とか米軍人に大阪弁を喋らせとるがな、イケてるなあ。とK氏は痛快がる。

大阪弁の「役割語」を「脱臼させまくり」――「一言主の神」

第一九代允恭《いんぎょう》天皇の第五皇子、長谷朝倉宮にましまして天の下知ろし食したもう大長谷幼《おおはつせのわか》武尊《たけるのみこと》は気宇壮大な帝王であった。

という壮大な書き出しで始まる「一言主の神」は、こう続けられる。

允恭天皇が四五四年に薨《こう》じたる後、いろんなことがあって結局、石上穴穂宮《いそのかみのあなほのみや》にまします、允恭天皇の第三皇子の穴穂尊《あなほのみこと》、安康《あんこう》天皇の位に即き、叔父の大日下《おおくさか》のところに使者を遣わしたところから話が始まる。
その使者は根《ね》の臣《おみ》というもので、出かけていった根の臣は大日下に言った。
「わたいは天皇の使いですけどね、あんたの妹さんをね、天皇の弟はんの大長谷はんの

嫁はんにもろたらどやちゅわれましてね。ほいでやってきたんだっけど、どないなもんだっしゃろ」(一九〇頁)
穴穂尊が怒った怒らんの、「なめとったらあかんど、こらあ」と絶叫して大日下を殺した。(一九二頁)

「一言主の神」は『古事記』のなかにある、大長谷幼武尊(雄略天皇)が葛城山で自分と同じ大王の鹵簿《ろぼ》(衣裳行列姿)で現れた一言大神との出会いとその後の物語だ。

暴虐の限りを尽くす雄略天皇はその姿に激怒するも、それが「悪事《まがこと》も一言、善事《よごと》も一言、言離《ことさか》の神、葛城の一言主の大神」と知ると、衣裳、武具などを脱いで一言主に献上する。

その主人公の幼武尊はこのように描かれる。


かつて幼武尊が暗峠《くらがり》を生駒越え、河内に行ったときの話である。幼武尊は山の上から河内国を見渡し、「くほほ。このあたりもみんな俺に服属してけつかる」と悦に入り、その直後に、しかし河内の国に来たからといってなにもすぐにけつかるなどと言うことはないな、と思っていた(一九八頁)

大阪という土地柄、高校生の頃から結構『古事記』に親しんでいるK氏は「稗田阿礼《ひえだのあれ》よりもうまいこと書くやんけ」と感心している。

「むっちゃオモロいなあ」とK氏が絶賛する場面、一言「言離」すれば、「世界を切り分ける」すなわち世に実現させる一言主が、言離によって長谷朝倉宮を無茶苦茶にして、それに幼武尊が激怒するところ。

幼武尊に「下駄とかボンカレーとかそんなせこいものではなくもっと雄大なものを」とからかわれた一言主は「森ビル」と言離する。

すると途端にあたりは暗くなり、生駒・葛城・金剛の山並みを圧倒する巨大なビルディング群が忽然として現れる。

すっかり国事・政務にやる気をなくし、部屋にひきこもった幼武尊が部屋を出て、我が目を疑うシーンはこう書かれている。

> 宮殿の壁の至る所にスプレー缶で落書きがしてあった。稚拙な筆跡で、「するめ参上」とか「FUCK」とかそんなくだらないことが書いてある。
> 窓はどういう事情か、安っぽいベニヤ板で塞いであって、そのベニヤ板にも愚劣な落書きがしてある。もちろん床には、天ぷら油、スコーピオンズのLP、洗濯板、アロマ

ポット、筆ペン、シュークリーム、マブチモーター、江夏のサインボール、スカルリング、ベンザブロック、テンガロンハット、煮込み、アッパッパなど訳の分からぬものが足の踏み場もないくらいに散乱しているうえ、そうして形のある物だけではなく、丸めたティッシュペーパー、吸い殻、握りつぶした煙草の袋、バナナの皮、ポテトチップスの空き袋といった完全なゴミも散乱していた。(一一八頁)

小説のリアリティは必ずその現場、つまりそこだけの時空を描き出すことで成立するが、読み手はそのテキストを逆に普遍的なもの、あるいは自分がイメージできる世界に引きつけて読み取るしかない。

その意味で、明治の時代小説『告白』は、河内の百姓の日常からヤクザの屋敷や村田銃のディテールまで、カミソリ一枚が滑り込まないほど隙間がない河内(大阪)弁の「役割語」のみですべてのリアリティが成り立っている。それは「役割語」を越えた「役割語小説」であるのだが、『浄土』の短編連作は、大阪弁の「役割語」を「脱臼させまくり」の快作で、そこが「おもしろいことやんけじゃんざます。うるる」と、K氏は幻戯書房から出たばかりの『関東戎《かんとうじゅう》夷焼煮袋《いやきにぶくろ》』の第一章「うどん」の結語を引用するのだった。

第七章

「正味」のブンガク——町田康『関東戎夷焼煮袋』

小説でも随筆でもノンフィクションでもない

『関東戎夷焼煮袋』はまことにユニークな町田作品である。

「これ見てみ、初めからぜんぶ、おもっきり根に大阪があるんや」とK氏が、黄色や茶色の枯れ葉を枝に付けた樹木がまばらに生えている荒れ地にトイレの廃墟がぽつねんとある装幀のハードカバーを、「いっつもやけど、えらい表紙やのお」と持ってきた。

最終ページの奥付を見ると「二〇一七年四月十七日第一刷発行」とある。その前の頁は三四字×一四行の大変に長いプロフィールで、次の前頁の上半分には丸く口を開けたアフリカの民芸品の人形みたいなものを撮った写真がレイアウトされ、下に「本書は『大阪人』(二〇一一年七月号―二〇一二年五月号/隔月刊・六回)および『サイゾー』(二〇一五年六月号/月刊・三十一回)連載の『関東戎夷焼煮袋』を一冊にまとめ、改稿した作品です」とある。

なるほど「大阪人」の連載やったんや。

雑誌「大阪人」は大正十四年(一九二五)創刊の「大大阪」がルーツの定期刊行物で、長く「大阪都市協会」が版元だった。

そして橋下徹氏が市長になって、政治判断であっけなくその時の発行元だった「大阪市都市工学情報センター」が解散させられ、二〇一二年の三月に八十七年の歴史を閉じる。

町田康さんはこの最後二年間の「大阪人」に連載していたのだが、第一回「うどん」に以下のように経緯《いきさつ》を書いている。


あれ？　俺は偏屈だから気軽にメールを送ってくるような友達はないし、仕事面においても、無能なバカ豚、ということが業界に知れわたっているから新規の仕事の依頼はないはずだが、いったいなにだろうか。バイアグラのＤＭだろうか、と訝《いぶか》りながら開封したら、わぶぶ、仕事の依頼であった。

慌てふためいて開封すると、送信者は大川大範という人物で、大坂の人、内容は、今度、大坂の雑誌を作ることになったから、おまえ原稿を書け、あほんだら:)。という内容であった。

もちろん自分はアホだし、原稿を書くのは家の業なので引き受けることにして、よろこんで。こころより。と返信したら、また、メールが来て、わかってるやろけど、内容は大坂でいけよ、ぼけ。と書いてあった。

もちろん言われるまでもなくそのつもりであった。（一一頁）

そこから町田さんの苦悩は始まる。いや苦悩ではなくて料理をつくるのであるが、もちろん、大坂語を繰ることはできる。しかし、それはあくまでも、見かけ上、文章上の大坂語であって、魂から発せられたものではなく、例えば私が怒りを発し、「なめとったらあかんど、こらあ」と絶叫したとしても、それは心よりの絶叫ではなく、気持ちがいったん文章化され、そのうえでもう一度、発せられた、いわば、俳優が演技で怒っているような絶叫で、つまりは、嘘、ということである。(一一、一二頁)

という徹底的なフッサール的内省のもと、「うどん」「ホルモン」「お好み焼」「土手焼」「イカ焼」、これをつくる一部始終について記述し始める。

「しかしながらやなあ、てっちり、しゃぶしゃぶといかんと、土手焼、イカ焼ちゅうのが、さすがというか、しっぶいとこやなあ」とK氏は唸るようにつけ足すことも忘れない。

さて。まずタイトルであるが、これは後醍醐天皇の言葉である「関東者戎夷也天下管領不可然」から取っている。つまり関東は戎夷であり、天下管領にはふさわしくない。

それはつまり、うどんやホルモンの問題を放置して、いつの間にか大阪人である自分を忘れ、関東戎夷に成り下がってしまった。そこで「本然の上方人」「大阪人の魂」を取り戻すために、うどんやホルモンなどなどをつくることだ。

といって、しかし、どうやってうどんを作ったらよいのだろうか。もちろん私ももはや五十過ぎの大僧で、可愛いぶって、「いやーん、うどんの作り方わかんなーい」といってクニクニする心算はないし、そうしたところで誰も扶《たす》けてくれないことを知っている。（一六頁）

で、料理をつくるべくすべての材料、時には土手焼のために鉄板の買い出しから始まるのだが、小説でも随筆でもない、ノンフィクションでもないな。かといってクッキングブックでもない、つまり私小説や大衆文学といった「ジャンル」に容易に分類されることを拒絶する、それでいてまぎれもない大阪ブンガクなのである。

話は関東つまり東京でのそれがすべてだ。

土手焼のために牛すじを近所のスーパーに買いに行ったのだが、売っていなかった、残念、となるところなど傑作である。

正味の大阪人による大阪人のための「食文化」の考察

「これは正味、大阪ちゅうところのもんが、正味、なにをどううまいこと料理して食うているか、さすが正味の話や」とK氏が絶賛するところだ。

「正味」か、そういう感じやねんな。

前に書いた『告白』では、「正味の節ちゃん」というあかんヤクザ者が出てくる。


「清やん。正味、やめといた方がええかも知れへんど」

「なんでやね。賭場《やま》荒し黙ってかやすんかいな」

「いや、こいつ正味、なにしよるかわからんど。正味、わいらをみな殺しかもしれんわ」

「なんでそう思うね」

「目ェ見てみい」

言われてつくづく熊太郎の顔をのぞき込んだ清やんは背筋がそうと寒くなるのを感じた。（二〇三頁）

2018年度（〜2019年3月末まで）

ミシマ社サポーター 募集中です!!

「ミシマ社サポーター」とは私たちの出版活動を支えてくださる方々のことです。1年ごとの更新で、みなさまからいただいたサポーター費で日々の本づくりや、企業広告を載せない弊社のウェブマガジン「みんなのミシマガジン」の運営などを行っています。
サポーターのみなさまには、活動の成果物である、できたてホヤホヤの新刊を、手描きのサポーター新聞と共にお贈りしています。くわしくはぜひこちらをご覧ください!

www.mishimaga.com （サポーター募集ページがあります）

氏の大阪弁ブンガク論』を読むと、
関西出身者の文学を無性に読みたくなります！それは、江さんの『飲み食い世界一の大阪』を読んだら「おいしい口」に自然となるように、脳が「おもろい」に反応する状態へと変するからです。こんなふうに、こちらの感覚を「おもろい」へとシフトさせるブンガク論。まさに唯一無二です！

K氏の大阪弁ブンガク論

江弘毅／著

唯一無二のブンガク論！

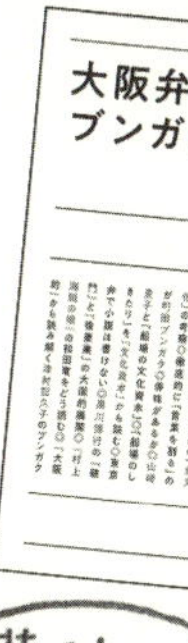

住む地域や職業などの社会的属性によって、言葉づかいがバラエティに富む「大阪弁。」国語教育的に制度化された「標準語」を突きぬける、街場ではぐくまれた生きた言語表現のおもしろさ。そんな大阪弁を巧みに用いて描かれた数々の名作を、岸和田出身、街場の批評家・K氏が紹介します！谷崎潤一郎といった文豪から、司馬遼太郎や山崎豊子などの国民的作家、そして、町田康、黒川博行、和田竜といった現代作家まで（他にもいっぱい登場!!）、そこらの「文学評論」では読めない作家たちの新たな魅力をぞんぶんに味わって下さい!!

装丁／尾原史和

（価格¥1000＋税）

「批評家・K氏」登場第1作目！

K氏の遠吠え 江弘毅（著）

誰も言わへんから言うときます。

「コスパ」重視のチェーン店とか、某巨大グルメ情報サイトとか、大阪都構想とか…
「それってちょっと、アカンのちゃうか？」に街場の大人、K氏がツッこみまくる!!

OK GUIDE

ブックガイド！

ミシマ

りて紹介します！ぜひ本屋さんで探してみて下さい。

ガクの金字塔！

康

る

には、

えて、

を使うなあ』

河内〜大阪言語による「音とリズム」のブンガク

について

和田竜・作　村上海賊の娘

ダントツにおもろい。とんでもなく凄い歴史小説や。

「表意文字の漢字とそこに付くひらがなまで含めて、リアルな泉州弁に読ませるためにルビを振っているところで、『なるほどそういう手があったんか』とK氏は感嘆するのだった。

（例）「殺てまえ！」

大阪の塊みたいな話や

俄

K氏いわく、エッセイ『大阪の原型』も必読とのことです！ → 司馬遼太郎・作

人のコミュニケーションの技法と、
ろみさには、何よりも『おもろい』ことが
うてることが『おもろい』かどうかがすな
ある。非難したり、抗議したり、恫喝し
も『おもろく言う』し、喧嘩の場合も同様だ。
を笑わせるようなことを言うことではない。」

ここに紹介したのはほんの一部です。もっともっとディープな大阪弁ブンガクの魅力はぜひ本書でお楽しみ下さい！

ミシマ社の大阪・関西

こちらもどうぞ → www.mishim

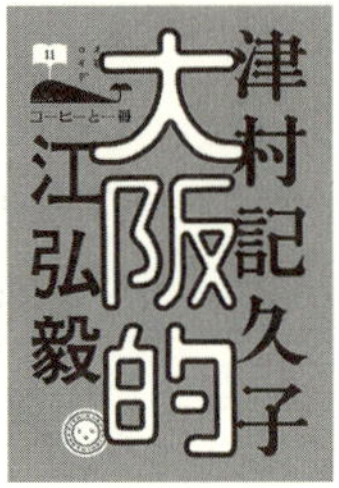

『大阪的』江弘

本書でも紹介されてい
大阪弁って、何？をテ
日本の「ローカル」につい
が怒涛の勢いで語
必至の対談本！（

『日帰り旅行は電

関西に引っ越してきた
のてんてんさん一家が
ところを旅するコミック
私鉄や意外と日帰りで
スポットなど見どころい
ちーと君の活躍と成長

あの!!「ちちんぷいぷい」（関西ではおなじみのテレビ番組）でも紹介!!

『関西かくし味』

安くて旨いは当たり前。
居心地のいい店内、気
関西は「うまい人」で、で
ションライターが地元に
訪ね歩いた食と人のエ

三島より

これめっちゃおもろいなぁ

これはイケると思います！　江

こんなん読んだことないもん。

ほんでコレどう売んの？

『ト
居
ま
を
目
作

K氏の大阪弁ブンガクBO

本書にでてくる作品やキーワードを、K氏のことば

キーワードその①

エクリチュール

「その人間の社会的属性や地域性にふさわしい言葉遣い。用字用語はもちろんのこと、イントネーション、発声法もそれに含まれる。」

黒川博行《くろかわひろゆき》

「会話の台詞こそが、黒川博行ブンガクの白眉」

この作品の会話文の台詞の壮絶さは絶品である。おもろすぎる。

『迅雷』について

谷崎潤一郎・作　細雪

「K氏は、まず谷崎の異常なばかりの京都や大阪、神戸の飲食店や旅館、ホテル等々についての「食」の書きっぷりに、『何ちゅう作家さんや』と改めて驚くのであった。」

谷崎→

これはやっぱりグルメ小説やんか！

完全無欠、大阪

町田

「大阪弁を外
町田康の
時代感覚
『うまいこと大
と思う。」

実に味わい深
正真正銘の
代替不可能な
作品。

『告

おもろい

キーワード②

「大阪（
台詞
優先さ
わち説
たりする」
吉本芸

ミシマ社通信

ミシマ

大阪弁ブンガクスペシャル!!号

vol.73

今回の本をつくるにあたり、本屋さんや図書館から、たくさんの資料をあつめてきました。編集・ミシマの机のまわりは、大阪弁ブンガクの本であふれ、ふだんから汚いのに、よりいっそう拍車がかかったのでした！

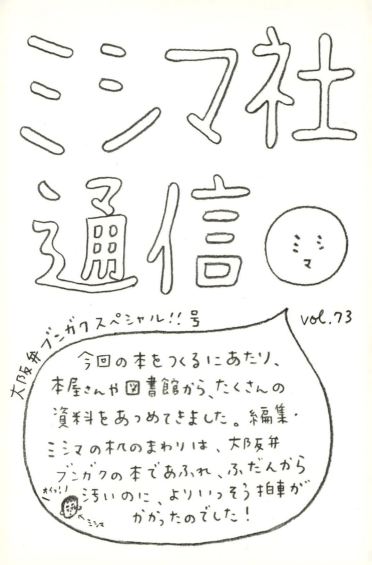

このように「絶対に」とか「本質的に」「本来は」というところをしばしば「正味」と言い変える、泉州岸和田なK氏の口語的レトリックは、正味のところ、あの明治の着流し雪駄の時代の河内水分村の「正味の節ちゃん」と通じるところがあるのか。いやはや大阪の言語は深い。

話を戻して、K氏の絶賛する『関東戎夷焼煮袋』での土手焼における「正味の話」は以下だ。

そういえば四十年前、関東に参った頃、スーパーマーケットに牛すじ肉は売っておらず、ごく稀に売っているのを見つけたら、そのパッケージに、(愛犬用)、という表示があった。私はこれを、関東では、すじ肉などという貧民の食い物を買うのは世間を憚る行為なので、店の側が牛すじを買う客のために、「これは愛犬用ですよ。人間が食べるために買うのではありませんよ」というエクスキューズを与えているのである、と解釈し、「ああ、なんたら虚飾に充ちたところだろう。いやなところに来てしまったものだ」と嘆いたものだが、あれから四十年が経ち、コラーゲン料理、なんて言われるようになって関東でも特段、牛すじ食を卑しむことはなくなった。(一五九頁)

これは正味の（↑ひっこいなあ）ど真ん中の、なんとも見事な大阪人による、大阪人のための「日本の食文化」についての考察にほかならない。ちゃらけたグルメレベルの話ではないのだ。

徹底的に「言葉を割る」のが町田ブンガク

最終章の「イカ焼」はこういう出だしである。

なんとまあ、手を付けられへんというか……。加えて、町田さんが大阪弁の「役割語」について顚覆させた話を書いたが、さて現代的標準語の「役割語」があるとするならば、大阪では次のようにひっくり返されているところにも注目してもらいたい、とK氏はつけ足す。

いい加減な魂の軛《くびき》から解放されて清々した。しかしこれでやっと人並みの郷愁に浸ることができる。いっぺん小学校の同窓会にでも行って、「俺なんか原宿でサル買っちゃってさ」など東京弁で吹かしてみんなに嫌われて悪酔いとかしてもっと嫌われようかな。

と、そう思ったがそれが無理な相談なのは、若い頃より、パンクロッカーの群れに身を投じ、各地を放浪流浪してきた私の元に同窓会の報せなど届くわけがないからである。

そして私が小学校の頃、住んでいたあたりは確か住吉区墨江中という町名であったが、それもその後、町名が変更になっているはずだが、その町名すら私は知らない。おそらく人も町も随分と変わり果てたことだろう、私はもう何十年も生まれ育った町に戻ったことがない。

ならば久しぶりに戻って、魂にも拘泥せず、確信犯的に甘美な郷愁に浸り、そこらのスナックとかに入りごみ、「実はぼかあ、このあたりの生まれなんだよ。いまは東京でＩＴ社長だけどね」とか言って、泣き濡れてご婦人と戯れようか。（一九九頁）

そのイカ焼をつくって食そうとするのだが、町田さんはまず少年の頃に軽田君と入った、地元の住吉区の駅前にあったイカ焼屋を回想する。その掘立小屋のイカ焼屋の当のイカ焼の味の記憶ではなく、白衣を着た当主がイカ焼を焼いていた記憶である。

街的な味覚とはそういうものだ、とＫ氏はええカッコ言う。

痩せて背の高い、角刈りで、愛想のない、生真面目な、工作機械を扱っているような、イカ焼屋のおじさんのことである。

そのときは、愛想のない、任侠系の、ちょっと怖いおじさん、と思ったが、いまから考えれば、きわめてまじめな人だったのではないか、と思う。

また、ルックスが任侠系なのも、当時は、いわゆるホワイトカラーでない中年男性は、みんな任侠系というか、それ以外にファッションの選択肢がなかったように思う。例えば、その頃の、阪神タイガースや南海ホークスや近鉄バファローズの職業野球の選手の私服姿は、多くが任侠系というか、任侠そのものであったように思う。

つまり、おじさんはいろんな事をやってきたのだろう。その果てに金融機関ではなく、親戚や親兄弟から開業資金を借り、掘立小屋を賃借し、プレス機のような鉄板を買って、背水の陣でイカ焼屋を始めたのだろう。通常そうした場合、妻が商売を手伝うはずだが、それらしき姿がなかったのは、或いは、いろんな事をやっているうちに離婚をしたのだろうか。或いは、あの歳まで独身だったのだろうか。(二〇七、二〇八頁)

せやせやせやせや、そういうこっちゃ。せやけどナンでそんなんわかるんやろ、とK氏は感嘆に暮れている。

おじさんの白衣は「わざわざ、乏しい資金を割いて本格のコック服を買ってきたの」であり「食べ物商売をする以上は白衣を着なければならない」と信じて、メジャーなたこ焼きには目もくれず、敢えてイカ焼屋をチョイスした、と町田さんは書く。

そして一旦、大阪ではイカ焼が廃れる。が、そのイカ焼を思いだし、つくろうとして町田さんは現在のイカ焼の興隆に驚愕する。阪神百貨店の地下一階に長蛇の列をなすイカ焼がonlineショップで「冷凍いか焼き　親子セット（小）」として買えるのを知って、取り寄せて「ぬくめて」食べようとする。

宅急便の配達人に受け取り判子を押すときに「これは開運印鑑ですよ」と言い、「親子セット」とは何かについて考察し、レンジに入れて「ぷしゅ」と音がしたら出来上がりというイカ焼を食するのだが、イカ焼をイカ焼たらしめるのはそれに付属するソースであり、オタフクやブルドックソースが、お好み焼、焼そばソースなどと称して関東で売ってる専用ソースとは根底から違う、と述べる。

「イカ焼の全体性」について、徹底的に「言葉を割って」（@内田樹）語るのだ。

漫画ならば簡単だ。「こっ、これはっ」とか言って怖そうな人が驚いている絵を描けばよいのだからね。しかし、実際にイカ焼のソースを賞味・賞翫した人にとってそれは、アッピャッピャッピャッ、とっても大好き銅羅右衛門、レベルの欺瞞であろう。だったら私はそれが文学と呼ばれようが呼ばれまいが、自らの言語、言論の解像度を上げていくより他ない。「言語にとって美とはなにか」そんな難しいことは私にはわからない、と言うことはできる。でも魂のない私は、「言語にとってイカ焼に付属するソースとはなにか」を避けて通ることはできない。(二三〇頁)

そして最後にイカ焼を食うためだけに大阪へ向かう。「グリーン車輌で参ったわけ」は「自分を追い込むため」であり、「退くときは死ぬとき」である。イカ焼の話は任侠に始まり任侠に終わっている。

なんとなく土地勘のある心斎橋界隈を探し歩き、それで見つからなければ、難波方面に向かい、そこでも見つからなければ、堺筋に出て日本橋《にっぽんばし》を通って新世界まで行き、その間にもなければ動物園の脇を通って天王寺方面に行き、それで見つからなければ近鉄電車に乗って吉野山に行って自決しよう、と考えた。

それぞれに思い出のある土地だが、ただ一心にイカ焼だけのことを考え、懐郷心とも魂とも一切無関係に通過する。ソウルミュージックなんてクソ食らえだ。スケコマシ野郎共めがっ。

と、やや場違いな罵倒をしたのは、高級輸入銘柄のバッグをぶら下げた同年配のおっさんが若い美女と腕と腕をからませて歩いているのを見かけたからである。（二四五頁）

町田さんのブンガク性は、徹頭徹尾「まず言葉ありき」である。「じぶんじぶん言うてなんぼのもんやねん」と言いながらも、とてつもない饒舌が始まる大阪人の自我意識の（質の良い）小ささ（小心とは少し違う）にもそういう節があるが（しらんけど）、「自分が言いたいことは言葉に先行してあるわけでない」という、ある種の諦観であろう。


ある一つのことを語ろうとしたときに、その「こと」がとても簡単な言葉では言い尽くせないので、その「こと」のさまざまな層に分け入り、その「こと」がいったん文脈を変えると、どういうふうな意味の変化を遂げるかを吟味する……というような作業のことである。

だから言葉を無限にあやつる人というのは、うっかりすると、わずか一つの言葉から小説一本分のコンテンツを引き出すような芸当ができる。

当代随一の「言葉遣い」の達人である町田康の文章はその好個の適例である。

町田康の文章のもつコミュニケーションの深度は、「いまこの文章を書きつつある私のメカニズムそのものへの批評的自己言及」によって担保されている。

（内田樹の研究室080410「Voiceについて」）

ある言葉を発する。

だが、ただちにその言葉をごく自然に発している私はどうしてこのような語り方を「自然」であるとみなしているのかという疑念が兆す（それが兆さない人はクリエイティヴィティとは生涯無縁である）。（同080418「ヴォイスを割る」）

へへへっ、最後は人のフンドシで相撲取ったった。

第八章

大阪の作家の身体性について

町田作品は「オレ宛の、オレのための小説」

Ｋ氏は文芸誌をほとんど買わない。知り合いの作家やファンの文章が載ったりしたときは、「たまーぁに」書店やコンビニで買うことがあるが、芥川賞作品が発表される「文藝春秋」ですら、人のものを借りてきたり図書館で読んだりする。セコい大阪の編集者である。

が、二〇一七年九月号の「新潮」は書店で買った。それは表紙に題字と同じ大きさで、「町田康『湖畔の愛』（二〇〇枚）」「橋本治『草薙の剣 昭和篇』（三五〇枚）」と大書してあり、柴崎友香「とうもろこし畑の七面鳥」と書いていたからだ。Ｋ氏は全員の熱心な読者だ。

観音開きの目次のあと「新潮一三五二号」（凄いなあ）と記される大扉の次からいきなり町田さんの『湖畔の愛』が始まっていて、Ｋ氏はＪＲ北新地駅から帰りの電車に乗るやいなや読み始めて、「これはおもろすぎるやんけ」とその文章のグルーブ感にチューニングが合ったというか、そのまま尼崎で新快速に乗り換えずに、各駅停車の普通電車に座ったまま住居の最寄り駅まで、「読むために乗る」のだった。

ほぼ一時間車内で読んで、途中でなぜか大阪弁が唐突に出てきて、漫才の芸の話になってきて、なんかホテルに三人のヤクザ者が「こら、鶴丘、ようも恥をかかしてくれたのぉ。どなしてくれるんじゃい」と闖入《ちんにゅう》してきて、こらようでけた吉本新喜劇になってきたなぁ。

駅で電車を下りたK氏は、一気に読みたくなって、今度はホームのベンチに腰掛けて続きを読んだ。

起承転結がはっきりしているとか、全体のメッセージ性が強靱だとか、終わりのどんでん返しが凄いとか、今流でいうとコンテンツが良いとかそういうものではなく、「お、これはまるでオレ宛の、オレのための小説やんけ」と読みに読んだ。一気に最後まで読ませる町田さんのなんでもアリのとてつもない文章は、「結局、何の話やねん。この作品は」と訝ることを許さない。そういうドン臭い読者の頭上をスイとかすめてしまう強度がある。

良い文章とは最後まで読める文章

当代随一のコラムニスト・小田嶋隆さんが、「人に読まれる文章を書くこと、およびそのメカニズムとはどういうものか」を四苦八苦しつつ五年もかかって著した『小田嶋隆のコラム道』（ミシマ社）は、そのことをものの見事に捉えていて素晴らしい。

原稿を書く作業は、誤解を恐れずにいうなら、その都度はじめての経験だ。構成の立て方や話の運び方について、経験から学び得る部分がないわけではないし、言葉の選び方や結末の工夫についても、おそらく方程式の解法に似た手順が存在しているはずだ。が、それでも、結局のところ、空白の液晶画面にはじめての文字をタイプする書き手は、毎回、手探りからはじめなければならないものなのだ。

本書が試みたのは、その「手探り」の結果を列挙することではない。「手探り」の方法について、そのメソッドやプロセスを公開することでもない。

私が本書を通じて目指したのは、コラムが毎回はじめての経験であるということの楽しさを、読者とともに分かち合うところにある。（まえがき、二頁）

コラムが運んでいるのは、「事実」や「研究結果」や「メッセージ」のような、「積荷」ではない。わたくしどもは、船そのものを運んでいる。つまるところ、コラムニストとは、積荷を運ぶために海を渡るのではなく、航海それ自体のために帆を上げる人間たちを指す言葉なのだ。

ということはつまり、空っぽの船であっても、そのフォルムが美しく、あるいは航跡が鮮烈ならば、でなくても、最低限沈みっぷりが見事であるのなら、それはコラムとして成功しているのである。

本書は、何の積荷も積んでいない。

運ぶのは、いまこれを読んでいる諸君だ。

それでは、よい航海を。（まえがき、四頁）

有名新聞社の論説委員上がり等々の書き手はともかく、何かのジャンルや専門のプロの書き手である限り、敢えて「人に読んでもらえる文章の書き方とはどういうものか」なんてものを書かない。小説でもコラムでも街のことでも、いつも仕事そのものが「その都度はじめての経験」であるからだ。

「んなもん、いっつも心がけて書いてるやんけ。そやから食うていけてるんやんけ」というK氏も、ふだんから大阪のてっちりや串カツ、北新地の飲み屋について書いている（「沈みっぱなし」のことも多いが）。

小田嶋さんの『コラム道』の「なんだかわからないけど、めちゃめちゃおもしろい。」（＠三島邦弘）、それに加えて一気に読ませるところは、「書くことを書く」すなわち「生きていることを生きる」生身の深刻さがリアルだからだ。そうK氏が卓見しているところはあながち外れではない。

ロラン・バルトがしばしば言及するところのアレだ。

私は書く。それが言語活動の第一度だ。それから、私は《私は書く》と書く。それが第二度だ。すでにパスカルも言っている、「のがれ去った思考、私はそれを書きとめておきたかったのに。かわりに私は、それが私からのがれ去った、と書きとめる。」(『彼自身によるロラン・バルト』九〇頁、みすず書房)

二〇〇枚の小説を一気に読ませる技芸とは、長嶋茂雄が思いっきりスイングして(最後にヘルメットをトバして)三振しても、大喝采を受けてしまうことに近い。

オリンピックの走り高跳びで、選手が直前に屈伸したりして、カッコええ助走に入って、「おっ、これは背面跳び。まさしくフォスベリー・フロップやんけ」となったあと、二メートル五〇センチのバーを尻に引っかけてポトリと落としても観客は満足する。

良い文章とは最後まで読める文章なのである。二〇〇枚の原稿を仕上げる書き手の時間と読み手の時間は何の相関関係もないが、突然チューニングが合ったりスピードがシンクロしたりするのである。

「おもろいやつ」あるいは「おもろく生きているやつ」

しっかし、この『湖畔の愛』の二〇〇枚小説はなんや!

登場人物にかて「顕鶩梨菩美」とよう読まん無茶苦茶な漢字使《つこ》てるし、だいたい「鶩」ちゅう漢字、ＡＴＯＫの手書き文字入力で書いてそれをコピペしてググるんやけど、どんな鳥やわからん。

で、ググると「レファレンス協同データベース」にひっかかって「『大漢和辞典　巻十二』一三四〇六頁によると、「ヌ」「ド」と読む。意味は「鳥の名前」とあり、種類についての記載なし。

「尾鶩」の由来について、『全国名字大辞典』など名字辞典類にも記載がなく、ジャパンナレッジの百科系などにも記載がないため、読み方のみお伝えした」。

「なんじゃそれは」とK氏はあきれているが、ストーリーが「勝手に出来ていく」というか「行が行を生んでいく」タイプアップの筆運びの音みたいなものすら感じられ、おもろすぎるのだ。

「芸術とはなにか」とか「純文学を書くことの意味」とかを町田さんは退ける。というより一切関心を置いていない節がある。

それに加えて、「好きなようなことをして（書いて）、メシを食う」という、「仕事へのひたむき」さ、すなわち「生きることへの真面目さ」について、トラディショナルかつオーセンテイックな考えを持つK氏がしびれている。

先の『関東戎夷焼煮袋』で、これはもうストレートに出てくる。


「此の度、大阪人という雑誌の編輯業務を担当することになった。ついては文章を寄せられたい。期日は幾日。稿料は幾ら。否か応か。存念を伺いたい」

私は直ちに答えた。「諾」と。なぜなら文章を寄せるのは私の生業であったからである。（六〇頁）

その「編輯業務」担当が、誰であろうK氏だった。

町田さんの作品には、小説にしろエッセイにしろ「おもろいことを書く」ことについて、現にこれを書いている書き手として、必ずのたうちまわるシーンが多出する。

それこそがほんまの「おもろいやつ」あるいは「おもろく生きているやつ」である。これはある種の大阪人にとっては、「人が人としてあるための値打ち」のようなものである。

何回も言うが、もちろん「おもろい」は、単に「笑える」という吉本芸人的なこととは違う。

これは、又吉直樹さんの『火花』で、大変よく似た言及が見られる。

「弟子にして下さい」と言う主人公に「俺の伝記を書け。それが書けたら免許皆伝や」と言う同じ芸人の神谷さんにこのように言わせている。冒頭のところだ。

「つまりな、欲望に対してまっすぐ全力で生きなあかんねん。漫才師とはこうあるべきやと語る者は永遠に漫才師にはなられへん。長い時間をかけて漫才師に近づいて行く作業をしているだけで、本物の漫才師にはなられへん。憧れているだけやな。本当の漫才師というのは、極端な話、野菜を売ってても漫才師やねん」（文春文庫、一六頁）
「漫才師とはこうあるべきやと語ることと、漫才師を語ることは全然違うねん。俺がしているのは漫才師の話やねん」
「はい」
「準備したものを定刻に来て発表する人間も偉いけど、自分が漫才師であることに気づかずに生まれてきて大人しく良質な野菜を売っている人間がいて、これがまず本物のボケやねん。ほんで、それに全部気づいている人間が一人で舞台へ上がって、僕の相方ねん自分が漫才師やということ忘れて生まれてきましてね、阿呆やからいまだに気づかんと野菜売ってまんねん。なに野菜売っとんねん。っていうのが本物のツッコミやねん」（一七頁）

本物の「小説家」である町田さんは、『湖畔の愛』(新潮社から二〇一八年三月に単行本化)においても本物のボケもツッコミも自在に見せる。

「笑いのニルバーナ」などと表現しているが、まさに「俺が追い求めていた、話芸の三昧境の住み味はこれだったのか……」というところだ。

言葉を繰り出しながら大野はきれぎれの意識のなかで一瞬、これだったのか、と思った。もはや組み立ても間合いもなかった。計算も技巧もなかった。ただ言葉が口から流れ出ていった。勝手に身体が動いた。いつもならそれに対して大野の意識は焦ったり慌てたり、よしよしこの調子とか、いまのは少し間合いが遅れたな、などいちいち考え、その都度、言葉や動きをコントロールしていた。けれどもそれがなく、大野の意識はまるで存在しないようだった。それは大野の意識が発する言葉とぴったり同時に存在するからで、普段のように、事後的に、遅延して、または言葉を発する前に、先行して、言葉や動作を評価するということがなかった。だから大野が、これだったのか、と思ったのも言うように一瞬のことだった。一瞬、一体化した言葉と動作の力の働きによって反対側に飛び散った飛沫のような意識で、すぐに飛び散って消えた。(二四三、二四四頁)

パンクバンド「INU」の「町田町蔵」から詩に進み、そして小説家として大成し、独自の作品スタンスを確立している町田康さんの足跡は、富岡多恵子さんの半世紀前のそれと驚くほど似ている。

「まったく同じ大阪ブンガクの系譜。こういう人らは大阪からしか出てけえへんやろ」というK氏だが、かれにとって富岡多恵子さんは今流でいう「文化系女子」のアイドルだった。

富岡さんは詩からだ。六〇年代に書かれた四六判八八ページ、約一五〇〇行長篇詩『物語の明くる日』は、「誰もこんなん書いた人おれへん」作品であり、ここに出てくる大阪弁は富岡さんの「身体」そのものの大阪弁だ。

七三年に思潮社から出版された、ぶっとい五八九頁の『富岡多恵子詩集』の付録にはこうある。

ことばははじめのどもとからもどしたようにとつぜんでてきた。わたしはそれを都合のいいようにならべていって自分で感心しておればよかった。（略）

ゲタをはいてひとりで歩いていたオオサカという土地は処女のくらい町であり、ひろいあつめたことばと胃袋につめこまれたことばを手づかみで地べたに放りだしていい

た。（略）
詩というものにぶちこまれることばの半分は盗品であり、詩というものの半分はドロボー市であった。（四、五頁）

そこから小説そして評論と進むが、「あんなけ長い詩を書いたら、次書かれへんやろ。が、そこからまた自由自在や」。

K氏は自分が九〇年代初頭にやっていた「街的雑誌」で、富岡さんの連載をいただいていた。それはK氏が富岡さんの「大阪的身体」が垣間見える詩や小説にしびれ続けていて「原稿を」となったわけだが、篠田正浩監督による近松浄瑠璃の映画化『心中天網島』（六九年）の脚本に挑戦し、かと思えば日本歌謡市場に燦然と輝くアバンギャルドなアルバム『物語のようにふるさとは遠い』（七六年）をリリース。

「東京芸大の院生やった坂本龍一が作曲し、ジャケットは荒木経惟の撮影や。正味カッコええことやってきはったんやけど、それはこれやったれと思て出来るもんではないんや。なにか新しい作品をつくったれ、いうて目的化してない。お洒落商売とは全然ちゃう」

富岡多恵子と共通する都会人としての「ハニカミ」

富岡多恵子さんが『シリーズ　いま、どうやって生きていますか？①　わたしが書いてきたこと』（SURE）で、黒川創氏ほかの聞き手に答える、物書きとしての「身体性」はまさにそれである。

この二〇一四年のインタビュー本の始まりは、富岡さんがインタビュアーが用意していた質問表を見て、いきなりこんな感じだ。

> 富岡「私の考えてきたこと」？　考えてなんてきてませんよ。なんで、こんなあほくさい題にしたの？（七頁）
> 富岡「……大阪の庶民のコトバの強さと、詩のコトバの関係について」。くわーっ！（一三頁）

しかしながら、こういう質問をされると、この手の大阪人は困惑してしまう。「表現者」である前に「都会人」としての「ハニカミ」があるからだ。腕利き職人が自分の技術を説明するのをいやがるのとよく似ている。

黒川　「創作の原動力は何ですか。『生きる』ことへの違和感のようなものが、創作の原動力であり得ますか。あるいは、『女である』ということは?」（一五頁）
富岡　（略）わかってくれればいいし、わかってくれなくてもいいけど。
　生きるということへの違和感とか、そんな贅沢なことを言っている場合じゃなくて、とにかく、一人でめしを食って生きていきたいのね。そのためには自分でなにかするしかないでしょう? それには、自分の芸で食っていきたい。その時は芸なんていう言葉は思いつかなかったけど、ものを書いて食っていきたいと思ったんじゃない? 一人でできるということ、これが大事ね。編集者とのつきあいとか、そのあといろいろあるけど。（一八頁）

　大阪の作家作品の「身体性」とは、「生きる」ことを懐疑したり、「生きる」について思索することではなく、「生きることがメジャーであること」そのものである。

コラム　スポーツ界のスターたちが吐く、大阪弁のブンガク性

「大阪弁を喋るから大阪人であって、ものの感じ方や見方も、人と人のいろんな関係性の上に成り立つコミュニケーションのありようも、これ全部、大阪弁がベースやねんな」

常々そう主張するK氏であるが、一昔前の大阪弁話者の野球スター選手に大阪人の人間としての「典型」を見ることがある。これはわかる人にはわかりすぎるが、それはイチローではなくて江夏豊や福本豊である、ということだ。清原和博もある意味、典型である。

かれらの発する大阪弁による言葉のクオリティには凄いものがある。

福本豊が八三年にルー・ブロックが持っていた盗塁の世界記録（メジャーリーグ記録）を抜いた。ときの首相だった中曽根康弘は福本に国民栄誉賞を打診する。福本は固辞するのだが、その時の理由はこうだ。

「そんなん貰《もろ》てしもたら、立ちションベンも出来んようになるがな」

そのずっと後、福本豊は松井秀喜が国民栄誉賞に輝いた際、「週刊ポスト」（一三

年四月一九日号）にこうコメントしている。

「松下電器の人を通じて、政府が国民栄誉賞を考えてるって聞いたから、『立ちションベンもできんようになるがな』っていいましたわ。ボクはあの頃、酔っぱらったら（立ちション）してたからね。国民の手本にはならへん、無理や、ということで断わりました」

（略）その裏には、他の軽い気持ちから出た言葉とは違う、賞に対する真摯な思いがあった。

「王さんが世界記録を作ったことで創設されたのが第1号。ボクも世界記録やからということでしたが、ボクには王さんのように野球人の手本になれる自信がなかった。野球で記録を作るだけでなく、広く国民に敬愛されるような人物でないといけないという、当時のボクなりの解釈があったんです」

その後、数多くの受賞者が出た今も、その思いは変わっていないという。

「ボクは、麻雀はするし、タバコも吸うし、悪いことばかりしてましたから。受賞してたら、ちょっとしたことでも、ああだこうだいわれたり書かれたりするでしょう。他の受賞者にも迷惑がかかるから、やっぱりもらわんで良かったです」

子どもの頃から地元南海ホークスに親しんできたパ・リーグ派のファンだったK氏は、その福本豊ほかを育て上げて阪急ブレーブスの黄金時代を築き、その後近鉄バファローズに移り優勝に導く西本幸雄監督を書いた『パ・リーグを生きた男 悲運の闘将 西本幸雄』（ぴあ）にもう一人の大阪人＝関西人（和歌山市出身）の典型を見る。

「この名監督は、とてつもなく人格が素晴らしいんや。それがいろんな場面の台詞に表れてる。近鉄に移ってきた時にエースの『草魂』のやでぇ、鈴木啓示にいきなりこう言うんや。ここや」と開いたページは一二一頁である。

西本監督がリーグ優勝に導いた阪急ブレーブスから近鉄バファローズに移ってきて言った言葉である。

「スズ、お前は20勝しとってもつまらんピッチャーやなあ。同じ20勝するんでも負け数をひとケタにせんと、ほんまもんのエースと呼ばれへんぞ」

当然鈴木は「このオッサン、何考えとんねん」と思う。

「『オッサン、このチームでずっと勝ってきた俺にケチをつけたな』『あんたにピッチングの何がわかるんや』と（略）プライドが、今考えたらわがままなプライドなんですが、それがあって許せんわけです。あんた、みんなの前で俺に恥をかかせたな、と」（一一三頁）

「西本さんは『トレードしてくれ』とまで言う鈴木を見事に成長させる。鈴木に自分のこととチームのことを思う熱意が伝わるんや。力任せの直球主体の投球を改めさせ二五勝させるんや。鈴木以後、二五勝したピッチャーはおらんで。ひと皮剝かせたんやなあ」とK氏は熱弁する。

「怒ってもらえる人がいるというのは、幸せなことなんですよ。口だけやったら誰も相手にしませんが、西本さん自身がチームを強くするためにいっさい手を抜かなかった。練習もいつも集合時間より早く来て、一番最後まで残って見てくれている。そんな姿も反発心なしで見られるようになると、素直にこう思えるようになったんです。『このオッサンは俺のことを本気で考えてくれとるぞ』と。繰り返し言い続ける熱と、自らが野球にすべてをかける姿勢。それは時間がかかっても、やっぱり伝わってくるんですね」（一二六頁）

「勝つ喜びを知ったチームに勢いが出ると、本当に野球というのはみんなで力を合わせて勝つスポーツやと改めて思うんですね。チームだけでなく、私も変わった。速球をど真ん中に投げ込んで三振を取るんだけがエースやない、遅い球でも抑えられるボールがあればいい、という意識は西本さんに出会うまでまったくなかったですから。最初はしぶしぶ言われる通りにやって、結果に結びついてようやく、なるほど俺がアホやったと気づくわけです。チームが勝つために投げる。そのことで結果もついてくるんやということにね」（一二七頁）

「ところがその年に、西本さんの監督としての古巣の阪急ブレーブスとの優勝を賭けた最終戦の『藤井寺決戦』で阪急の同じエースの山田久志と投げ合いになるんやが、鈴木は八回に力尽きて打たれてしまうんや。その時に、鈴木にどう言うたか。

交代を告げにマウンドまで歩み寄った西本監督は鈴木を責めず『スズ、ご苦労さんやった』とだけ言うたんや」

翌年、近鉄は悲願のリーグ優勝するのだが、山場である阪急との一戦に鈴木は完封勝ちする。西本監督は、

「どないやこないや言うても、やっぱり鈴木は日本一のピッチャーや」

と初めて賛辞を送る。

「その後、鈴木は八四年にやっとこさで史上六人目の三〇〇勝を達成する。記念パーティーで西本さんは『これでほっとしたらあかんぞ』と両手を握って言うんや。翌シーズンがこれまた大変で、むちゃくちゃ打たれた鈴木は、シーズン途中で引退を決めるんやけど、それを見透かした西本さんは『おおスズ、お前の目はもう死んどるわ。長い間、ご苦労さんやった』と言うんや」

鈴木引退の報を聞いた阪急の上田利治監督は、その年自分が全パ監督として率いるオールスター戦で、鈴木の引退の花道にと鈴木に出場を持ちかける。舞台は近鉄の本拠地である藤井寺球場だ。

その申し出を鈴木は辞退する。「『パリーグの選手皆で胴上げしたるから出てくれ』と言われたが、有り難い話やったけど、歴史のあるオールスターを俺一人の舞台に

したらアカンと思って断った」と言った。
「福本も鈴木もそういうとこを西本さんの教える野球を通じて学んだんや。この本での西本さんを取り巻くかれらの大阪~関西野球人の大阪弁表現の連発がホンマにエエ。『感動をありがとう』とかと次元が違うんやな」

三振を奪うことこそが使命だと思っていた不世出の大投手、江夏豊については、ブレーンセンター刊の「後藤正治ノンフィクション集第6巻『牙／不屈者』」のなかの『牙―江夏豊とその時代』を「江夏豊本の最高傑作や」とK氏は挙げる。
「京都生まれ大阪育ちの後藤正治さんは、デッドボールのほとんどない江夏のことを、『投球術において老練な技を駆使したけれども、ダーティーな手段を弄したことはまったくない。江夏という投手のもうひとつの側面である』と書かはる。一方、巨人は心臓疾患に悩んでた江夏さんに待ち球やらバントやら連発して、策を選ばず向かうんや。イヤな野郎だなあ（ここだけ東京弁）」

K氏の巨人嫌いは阪神ファンのそれとはちょっと違うが、けれども巨人の「そのやり口を『汚い』と思ったことはない」と江夏から聞いて台詞を記した後藤正治と同質的な大阪的感性ゆえのことだ。

七三年のペナントレース残り二試合、勝てば「阪神優勝」という中日戦の前日、江夏は球団事務所に呼ばれる。球団幹部に「カネがかかるから優勝などしてくれんでいい。このことは監督も承知していることだ」と言われ、思わずテーブルをひっくり返して席を立ったという。

「この話は事実かどうか確かめるすべがない」と後藤は補うが、何ともキツい話だ。

「江夏とイッたら清原もイカなあかんわなあ。どっちもああいうふうにシャブに行ってもたけど、『清原和博番長伝説』（講談社）はエエと思う。二十四年間例の『おぅワイや！』の清原節で『FRIDAY』が追いかけた担当編集者との絶妙な距離感が絶品や。『傷つきやすく涙もろい、繊細な人間味あふれる素顔』こそが男前や、とこの編集者は書くんやなあ」

さすが編集者K氏の読み方である。加えて清原の言葉を以下のように書いた編集者の力量を誉める。

20代はもうガーッと勢いで来たけど、30代で故障やいろんな挫折を何度も何度も味わって、やっぱりオレも人間や。ドツかれすぎたら卑屈になったり、おかしなったりするよ。それをなんとか自分で克服するためにね、身体を鍛えたり、オリャーって言うてみたりね、もう自分を守るのにそれで必死やったよ。（二一四頁）

「担当編集者もこれまた完全に大阪弁話者やとわかるやろ。この本はまえがきと、この第一章インタビューだけでも一冊の値打ちがある」というK氏は清原と同じ岸和田育ちであり、実家にはK氏の母親が、後に「あんたがタトゥー入れるんやったら、わたし死ぬ」と言った清原のお母さんを通じて貰ってきた、西武のルーキー時代のサインがある。

話は清原に行ったが、K氏がスポーツ界でいちばん大阪人的に「最高におもろいんや、この監督の言い方」とことあるたびに名前を挙げるのはシンクロナイズドスイミングの井村雅代さんだ。繰り返すまでもないがその「おもろい」は、お笑い的におもろいということではまったくない。先の後藤正治の『不屈者』のなかの「泥沼に花ありて」は井村雅代で、後藤は井村の本質は「大阪人」だと書いている。

K氏は井村さんと一度だけお会いしたことがある。

「とある大新聞社が主催の南海沿線のフォーラム『はじまりは堺から』で一緒にパネルディスカッションに出たんや。〇七年やった」

パネルディスカッションが始まると、井村さんが浜寺（堺市）の水練学校に室内プールがない時代、シンクロが「身黒」と表現されていた、という駄ジャレで笑いを取った。「あんたはブスやから、ブスッとせんと、もっとかわいらしい顔しなさい」という例の調子だった。

そして井村さんはフォーラムが終わるやいなや、お茶も飲まずに「お先にしつれいします」と黄色のミニクーパーをかっ飛ばして帰られた。「『ほな、さいなら』ちゅう感じでぴゅーと行くんや。この人らしいなと思た。で、井村さん以外のわたしらは送迎のタクシーやった（笑）」

K氏が挙げる井村さんの著書は『愛があるなら叱りなさい』（幻冬舎文庫）である。

え、K氏、そんな自己啓発本、読むんかいな？　というのはこの本を未だ読んでいないゆえのことだ。

井村さんの指導力は強烈である。内田樹さんはじめ東京在住の柴崎友香さんまでがトーク・ゲストに呼ばれた大阪の谷町六丁目の街の書店「隆祥館《りゅうしょうかん》」の店主・二《ふた》村《むら》知子さんは、「AERA」の「現代の肖像」にも登場しているが、七〇年代半ばにシンクロをやっていて日本代表にも選ばれた。井村さんがコーチだった。

「ほんまコワかったです。親よりもコワかったです。今でもコワいです（笑）」と二村さんがこれまた大阪的に話す。もちろん「コワい」は「怖い」の単なるパワー的恐怖ではなく、畏敬を含んでいる。

井村さんの指導力は強烈である。「この人の教育はいつもカラダを張っているんや」とK氏が言う。


つねに目一杯やっているから、「文句があるんやったら、いつでも来い」と構えていることができます。指導者たるもの、そうあるべきではないでしょうか。（一七二頁）

という姿勢である。保健体育教員として勤めていた大阪市内の中学校には、教師に向かって「殺すぞ！」と脅すような、札《ふだ》付きのワルの生徒がいた。先輩である男性の先生が井村さんに「殴られそうになったら、僕が体を張って守ってあげます」と言う。とはいえかれらを前にすると、いくら井村さんでも本当に怖い。けれども「やる」と決心したところ、校長はこう言った。

「きみらの気持ちはありがたいが、殴るんやったら、校長室に連れてくるんや。わしが殴るから、きみらは殴ったらあかん」(一八七頁)

「今なら考えられへん。大阪は維新が出てから校長が君が代を歌《うと》てるか口パクチェックをする教育になってしもたが、そういう学校やったんやなあ。うちの岸和田の中学もそうやった。井村さんは大阪府教育委員をされてたんやけど、橋下知事になって辞めはった」とK氏。

そういう学校、そういう校長だったから、井村先生はワルには積極的に話しかける。

「髪の毛、どないかせい」
「そんな制服、ぶっさいくやな」(二二一頁)

これはワルの生徒の言葉ではなく、井村先生の言葉である。挙げ句のはては、

「ちょっと、うるさいよ。授業する間は静かにしてほしいから、遠慮せんと寝とき」（一二二頁）

である。とにかく人を「教える」「導く」際の大阪弁の言葉が凄まじい。

「喜怒哀楽を全部含んで言うてしまうところの『情』が、生徒にとっても喜怒哀楽すべてを感じ取れるんやろなあ。それから『言うてきかす』ところの『理』。『情理を尽くす』というのは正味、こういうこっちゃ」

井村さんはこの本を著した後、海を渡ってシンクロ中国代表チームの監督に就任し、北京オリンピックと続くロンドンオリンピックでメダルに導く。大阪弁の「エクリチュール」が「ラング（言語体）」のはるか頭上を超えたのだろう。

第九章

泉州弁で描ききる先端性——和田竜『村上海賊の娘』

ルビ使いが最高！

K氏は『村上海賊の娘』を読んで、「こんなんありか」と声を上げた。「ダントツにおもろい。とんでもなく凄い歴史小説や」と思った。

それは海賊武士の話し言葉が「泉州弁」で書かれたものだからだ。「泉州」は旧「和泉国」で大阪府南部。大和川から南、堺から和歌山までの地域で、とりわけ特徴がある「泉州弁」は、K氏が生まれ育った岸和田から南部の「泉南方言」だとされる。

合戦の際の台詞が「者ども、うろたえるでない。駆けよ」でなく、「お前ら、びびったらあかんど。走らんかえ」なのである。

この長編小説は戦国時代の大阪で起こった「第一次木津川口の戦い」を再現した小説である。

「これや、これ」とK氏が本棚から抜き出してきたのは『信長公記』の現代語訳の文庫本だ。子供の頃から司馬遼太郎や海音寺《かいおんじ》潮五郎《ちょうごろう》とかの合戦ものが好きだったK氏であるが、「『信長公記』はやなあ、一五六〇年の桶狭間合戦から本能寺までハイライトが、岸和田の藤井町の地《だん》車《じり》に彫刻してあるんや」とのことだ。合戦をこの場で見てきたがごとくことさらK氏は熱く語るのだが、正直「また岸和田だんじりか」とあきれてしまう。

『信長公記』は、慶長年間（一六〇〇年頃）に太田牛一《ぎゅういち》が著した織田信長の伝記である。信長の七歳年長だった太田は、彼《か》の英雄に仕え元服から本能寺で切腹するまで生涯を実見してきた。したがってこの信長の一代記は歴史書としても信用度が高く、叙事文学・戦記文学としても優れた作品だというのが定説だ。

『現代語訳　信長公記』（新人物文庫）の巻九／天正四年（一五七六）、「（五）木津浦の海戦」には次のように記録されている。

> 七月十五日のことであった。中国筋安芸《あき》の水軍、能島元吉《のしまもとよし》・来島通総《くるしまみちふさ》・児玉就英《こだまなりひで》・粟屋元如・乃美宗勝《のみむねかつ》という者が、大船七、八百艘を率いて大坂の海上に来航し、大坂方に兵糧を補給しようとした。
>
> これを阻止しようと迎え撃ったのは、真鍋七五三兵衛・沼野伝内・沼野伊賀・沼野大隅守・宮崎鎌大夫・宮崎鹿目介《かなめのすけ》、尼崎の小畑《こばた》、花熊《はなくま》の野口。これらも三百艘余を漕ぎ出し、木津川河口に防衛線を張った。敵は大船八百艘ほどである。互いに漕ぎ寄せて、海戦となった。
>
> 陸では、大坂の楼岸、木津のえつたの城から一揆勢が出撃し、住吉海岸の砦に足軽勢が攻め掛かってきた。天王寺から佐久間信盛が軍勢を出し、敵の側面を攻撃した。押し

つ押されつ長時間の戦いとなった。

そうこうするうちに海上では、敵は焙烙火矢《ほうろくひや》というものを作り、味方の船を包囲して、これを次々に投げ込んで焼き崩した。多勢にはかなわず、真鍋・沼野伊賀・沼野伝内・野口・小畑・宮崎鎌大夫・宮崎鹿目介、このほか歴々多数が討ち死にした。安芸の水軍は勝利をおさめ、大坂へ兵糧を補給して、西国へ引き揚げてしまった。（二八〇、二八一頁）

という歴史的史実だ。泉州武士を中心とした織田信長側の軍勢が村上海賊の本願寺側に敗れる海戦だった。本願寺方の村上海賊と織田信長方の泉州武士のいわば代理戦争であるが、この小説で主人公と戦う眞鍋七五三兵衛《まなべしめのひようえ》はじめとする泉州海賊侍が、場面場面で口にする台詞があまりにも凄すぎるのだ。


「眞鍋海賊の武勇を見せちゃらんかい」

「ああ、そらあれじょ。直政《なおま》っさんの国がド田舎やさかいじょ」

「おのれんとこの小倅《こせがれ》ぁ、おのれより戦上手やど」

「面白《おもしゃ》いのぉ、こいつら」

「わっしょれ～。なんやこら、正統派の泉州弁そのままやしな」とK氏はそれらの台詞をいちいち声を上げて自らの岸和田弁で読んで、「最高やのぉ」と反芻しながら、単行本上下巻あわせて一〇〇〇ページ弱もある長編を一気読みである。

まるでだんじり祭で地車を命懸けで曳行《えいこう》している最中に発せられる「浜言葉」そのもの。それも地元民でも思わず苦笑してしまう荒っぽい会話の台詞に、「そうか泉州の海賊侍の合戦のときの言葉は、祭のときにおがってる（叫んでる）のと同《おん》じや」と膝を叩いて喜ぶのだった。

とりわけうまいこと書いてるなあ、というのは、

「殺《い》てまえ！」

「不味《あかなし》いよぉ」

「塩で食《いか》んかえ」

という、表意文字の漢字とそこに付くひらがなまでを含めて、リアルな泉州弁に読ませるためにルビを振っているところで、「なるほどそういう手があったんか」とK氏は感嘆するのだった。

なるほど、方言指導は『カーネーション』の林英世さん

そんなK氏は早速Twitterに「『村上海賊の娘』の泉州弁は最高。和田竜《りょう》はすごく泉州弁に精通している。研究をしているのか」と呟いた。岸和田以南で使われる「チャル」言葉、すなわち「見せちゃらんかい」「やっちゃれ」などの使い方が的確すぎる。

すると反応が早いリツイートの中に、前にも登場いただいている「役割語の研究」でおなじみの大阪大学の金水敏教授から「あの小説は林さんが方言指導したんです。知らなかったの?」とリプライがあった。

林さんというのはNHK朝の連続テレビ小説『カーネーション』で方言指導をした、女優の林英世さんのことである。

『カーネーション』はデザイナーのコシノ三姉妹を育て上げた小篠綾子の生涯を描いた二〇一一~一二年の連ドラで、放送されるやいなや全国で話題になり、ギャラクシー賞に輝いた名作だった。

とくに開始早々だんじりの豪快な遣《や》り回し曳行のシーンとともに特徴ある岸和田弁がオンエアされ、「ユニークな関西弁だ」と喝采を浴びた。「抑揚がかわいい」という評価もあって、K氏は「ほんまかえ」と訝ったが、まんざらでもないと思った。

何を隠そうこの連ドラで多用されるだんじり祭のシーンは、K氏が参加している五軒屋町のだんじりを太秦《うずまさ》映画村に持っていって撮影したものだ。

「(父親役の) 小林薫に、だんじりにタカるとこの演技指導しちゃったんや」というのがK氏の自慢だ（ほんまかいな、と思うが事実とのことだ）。

泉州弁の方言指導を受け持った林英世さんはK氏の岸和田高校の後輩であり、太秦での撮影の際にも真っ先に「Kさん。こんなんですが、これでええですか」と台本を持ってきた。それは他所の言語話者にもわかりやすく類推しやすい見事な岸和田弁で、「ええんちゃうか」とK氏は目を細めて頷いた。同時に「ええんかいな、こんなん放送して」と思った。

林さんはすべての台詞をあらかじめ自分でボイスレコーダーに録音して出演者たちに聞かせた。とくに主人公に扮する尾野真千子には目の前で岸和田弁を聞かせて指導した。

NHK大阪放送局制作の番組では、俳優の喋る大阪弁イントネーションが「らしくない」だけで「大阪弁がおかしいから見たくない」と如実に視聴率に跳ね返る。制作にあたって林さんは、プロデューサーにまず「何とかして大阪弁をクリアしたいんです」と言われた。

だんじりの岸和田旧市エリアはとくに地元意識が強いからそのハードルは高くなる。俳優が下手な岸和田弁を喋ろうものなら、「んなもん、あっかえ。だんじりちゃうわい。で一発退場やな」とはK氏の弁である。

「本番でその都度目の前で方言指導するのですが、尾野真千子ちゃんは耳が良いので、きっちり口真似以上のものを言ってくれました」と林さん。ええ話である。

視聴率も抜群で大成功をおさめ、さらに「岸和田弁って面白い言語だ」と人々を魅了した『カーネーション』の放送が終了して二年弱。今度は時代小説の名手である和田竜さんの『村上海賊の娘』が出版されたのだ。

「おー、これ読んでみぃ。めちゃおもろいど、祭で言うてる丸出しの泉州弁や」と、ことあるたんびに岸和田の知人友人に吹聴していたK氏であるが、その方言指導をしでかしたのがまた林さんなのだということを知ると、「え〜、これも、お前やったんかぁ!」と即座に林さんに電話した。

いきなりK氏から電話がかかってきて、それを聞いた林さんは「やった」と思ったらしい。

「K氏がそういうからには、勝った! と(笑)、変な話、ほっとしました」

と、「みんなのミシマガジン」のインタビューに答えている。

泉州岸和田の人間に見られるK氏や林さんの独特のコミュニケーション作法もおもろいが、「ほっとした」という林さんの繊細な心性が実に良い。

そんなやりとりを大阪ディープサウス・ローカルでしているさなか、この『村上海賊の娘』

は吉川英治文学新人賞と本屋大賞を立て続けに受賞した。新潮社の歴史・時代小説では司馬遼太郎以来の快挙となる一〇〇万部突破というタイミングに、K氏に紀伊國屋書店のHさんからメールがあった。

「本屋大賞受賞とグランフロント大阪店一周年記念のトークイベントをやるので、和田竜さんのお相手、聞き役をしないか」とのことだ。

当然K氏は小躍りして「やりますやります」と有難く受けた。

そしてトークショーで冒頭の「眞鍋海賊の武勇を見せちゃらんかい」以下の泉州海賊侍の泉州弁の台詞分をプロジェクターで大写ししながら、K氏は岸和田だんじり祭礼時のようなダミ声による正調泉州弁朗読を炸裂させ、大いに喝采を浴びた。

「祭の当日では、こういう言葉を喋る人が今もいるんです。とても荒っぽく特徴のある言葉ですが、まるで毎年祭の日にだけ解凍されるようです。やはり岸和田だんじり祭は、命懸けの激しい祭ですから」

との説明に、和田さんはニヤリと頷き、二〇〇人の聴衆は沸きに沸いた。

和田竜さんはこの作品を書く際、一旦シナリオに起こして林さんに渡した。たとえば和田さんがまず「お前がやったんか。えろうべっぴんやんか」とご自身が泉州方の登場人物を想定した関西弁の台詞を書き、それをいちいち林さんが赤入れをする。

仕上がりは「お前《わが》がやったんけ。えらい別嬪やんか」となる。K氏はトークショーで実際そのシナリオを見せてもらったが、付箋だらけ、朱書きで真っ赤である。「この台詞だけのシナリオを元に、地の文だとかを加えて完成させました」と和田さんは説明する。

また「なるべく本物に近づけたいという思いだけでやってました。一つ一つの台詞に対して、『これは尊敬語だけどあんまり尊敬がこもっていない』といったニュアンスを含めて問いかけて、林さんが教えてくれた言葉をメモする。それを直した上でまた小説を起こすという作業をやりました」と語る。

一方、この作品の小説空間においての泉州海賊武士の台詞について、後に林さんはK氏にこう説明した。

「そこで生きている人間たちの持っている気質や、風土の持っている何かを伝えたくて泉州弁を使っているのであって、泉州弁がどんなものなのかというのを皆さんにお知らせするためにやっているのではない」。つまり方言としての正しい泉州弁を書くことではないのだ。K氏は「なるほど、さすがプロや」とまた唸らせられるのだった。

俳味なくして、泉州の男にあらず

ところでK氏がこの『村上海賊の娘』で一番グッときたのが、「俳味」についてである。「せや、『俳味』。これやねん。和田さんは、しびれるようなことをうまいこと表現してはる」

七五三兵衛は、こういう異質な者を愉快がる俳味《はいみ》のようなものを持っている。七五三兵衛だけではない。泉州の男は程度の差こそあれ、この俳味を必ず有していた。むしろこの味がなければ、泉州の男として、「面白味のない、取るに足らぬ男」と見下される。泉州者は剽悍《ひょうかん》であるにもかかわらず、武家の本分たる武功を立てることよりも、俳味を発揮することの方が大事だと思っているふしさえあった。（新潮文庫、二巻、四四頁）

つまり俳味というのは、人間の言動や喜怒哀楽の表現に関してのとらえ方についての味のようなものだ。だから命のやりとりをする合戦など人生の切所や難儀に遭遇するときにすら、それらを愉快痛快に、また面白く感じられるかどうかが問われる。

寺田又右衛門と松浦安太夫という兄弟の武将が、主人を遠矢にかけて殺し、松浦は岸和田城を乗っ取る。まさに「悪たれ」であり、「主殺《しゅごろ》し」が泉州半国の触頭なんぞ名乗りくさって、やることがえげつないんじゃ」と七五三兵衛に悪罵を投げかけられる。

けれども、合戦の際、配下の侍衆を置き捨て一番始めに逃げ帰ってぬくぬくと砦の中に引っ込んでしまう「瓜兄弟二人」を七五三兵衛は「面白《おもしゃ》い奴のぉ、こいつら」と吹き出して笑う。

(泉州侍にとって、こういう小ずるさこそが、瓜兄弟の持ち味ではないか)

元々、こんな兄弟なのである。端《はな》から分かり切っていたことだ。小ずるくも自軍のみ撤退し、挙句見えすいた言い訳をする。「いつものあれか」と面白がるのが泉州者のあるべき姿ではないか。(二巻、二六四頁)

と和田さんは書くのだが、「一方的に悪行を正面切ってやっつけるのではなく、ちゃんと笑って輪の中に入れておいてくれる土壌が泉州にはある」とのことである。

K氏はそれを受けて、再び岸和田だんじり祭の人々の「俳味」を挙げる。例の「だんじりで言うたら」である。

「祭やってるいろんなツレとは十歳ぐらいからずっと一緒にやってるんですが、そうなると性格とか皆わかってくるんですよ。あいつは掃除のときになったらいっつもどっか行ってしまうとか、周りは知ってるんですわ。で、いつものように来ないと、先に怒るよりも『昔からそうやろ』とあきれ笑いするんです。たまに来たら『お、珍しいのぉ。祭、雨降るんちゃうか』と言って、皆でまた笑うんです」

そうやって異質な者を正しさの名において排除せず、面白がる気質を岸和田の人間は持っている、と言う。

「せやし変わった奴が、野放し状態でいてるんです。珍獣だらけ」とK氏は笑うのである。

これが和田さんが描く、村上海賊の敵方である泉州海賊侍そのものなのだ。そうK氏は自分に引っぱり込んで解釈している。

武士は何よりも武勲であり、武勇や忠義といった精神で語られがちだが、和田さんがずばり「俳味」と表現するマインドを持ち、戦国の世で各自が各自の問題や事情を抱え、それについてお互いにちゃんと考えたうえで言動を起こす。それも過剰に。

そういう集団の敵だからこそ勝つのも大変だし、合戦を描いても何か別種の人間的な「趣」が生まれてくる。

K氏はそう語った和田さんに「ナンでそんなグッとくるとこばっかり書かはるんですか」と感極まって言うのだった。

また後日、「泉州弁で考える」と題したシンポジウムがホテル日航関西空港であった。堺市、岸和田市はじめ泉州地域の九市四町の自治体で構成する「泉州観光プロモーション」の主催で、和田竜さん、林英世さん、言語文化学が専門の西尾純二・大阪府立大教授、そして竹山修《おさ》身《み》堺市長も壇上に立ち、泉州各自治体の首長が全員客席に顔を揃えるという「泉州弁原理主義」のイベントである。

シンポジウムの終わりの質疑応答で、「これは言うとかな」と挙手した、岸和田の三十代男性がいた。作品の中で泉州侍の触頭として登場する「沼間義清《ぬまよしはる》」ゆかりの岸和田市「沼町」の祭礼関係者である。沼町は岸和田天神宮の「天一番」の氏子である。

かれはその沼間氏についての質問に加え、

「小説てなんや？　思てました。どんなもんが小説かなんか端《はな》からわかってませんわ。第一、小中高と国語の教科書なんか読んだことない。重たいしずっと学校の机の下、置いてましたわ。ところが『村上海賊の娘』の評判を聞いて、初めて本屋に買いに行って、初めてほんまに読んだ小説で、こんな感動したことないですわ」とぶっ放して大いに聴衆の笑いを取り、和田竜さんを称賛した。

「ええ話やろ。まさにこれぞ大阪ブンガク」とK氏は目を細めるのである。

和田竜さんが大阪湾で戦国時代に起きた合戦の話をかつて類を見ない泉州弁の会話文体で書き切ったのが、この『村上海賊の娘』である。

これは作者にとって、また読者にとって、自分が実際に立つ土地ではない別の場所の風土、さらに過去という存在しない時間である「小説空間」を、リアルな方言を使うことで発見した作品にほかならない。けれどもその言葉が四百年の歴史を越えて今も息づく泉州弁に見事につながっている。K氏はここに和田竜さんのブンガクとしての多大な先端性を感じるのである。

第十章

大阪弁を誰よりも知っている——司馬遼太郎『俄 浪華遊侠伝』

大阪にかかわる者はすべからく「大阪の原形」を必読とすべし

「大阪で生活してる者はもちろん、仕事や文化にかかわったりする者は、すべからく司馬さんの『大阪の原形——日本におけるもっとも市民的な都市』を必読とすべしやなあ。これは絶対通っとかなあかん」

いきなりK氏の「絶対」が出たのだが、「大阪の原形」は司馬遼太郎さんが「自分の大阪て一体なんやねん?」というところからがっぷり四つに取り組み、歴史を通して「大阪の全体性」を真俯瞰で書いたものだ。

この「大阪の原形」も所謂「司馬史観」が端的に反映しているといわれるエッセイであるが、多分に「大阪ブンガク的」であると思う。

日本を代表する小説家である司馬遼太郎のエッセイについては、阪大招聘教授の髙島幸次さんが、原稿用紙約六〇枚の「大阪の原形」が全文で特別再録された雑誌「大阪人」(二〇一二年三月号)の司馬遼太郎特集で、「エッセイ(『司馬遼太郎が考えたこと』新潮文庫)だけで十五巻組める作家なんて他にはいないと思います。それを読まないのは、バッテラ寿司の昆布を食べ残すようなものだ」と、これまたまことに大阪的な言い方で、実にうまいこと指摘している。

ちなみに『司馬遼太郎が考えたこと』は、一九五三年から逝去する九六年までのエッセイ・短文を収録したもので、作品数一一〇〇を越える大著だ。「大阪の原形」は一三巻に所収されている。

「大阪の原形」は、一行目から、

私は、大阪でうまれた。
以後、六十四年もこの街に住んでいる。

と始まる。

続いて、

「よほど大阪が好きなんですね」
とよくいわれるが、そうでもない。人間というのは、病的な自己愛のもちぬしでないかぎり、鏡の中の自分の顔や、テープに再現された自分の声を、冷静に見たり聴いたりすることができないはずである。つねに多量の、もしくは微量な嫌《けん》悪《お》感《かん》がつきまとう。
私の大阪への感情もそれに似ている。

この感情を拡大すれば、私がすでにこの街に自己同化してしまっているということになるだろう。そういう感情があるために大阪が好きか、と問われれば、返事にこまるのである。私は自己に対して嫌悪感からまぬがれたことが一度もないため、「きらいです」と、一応は答えざるをえない。ただし人間は、自己を真底《しんそこ》きらいなままで、三日も生きていけない。（四一七、四一八頁）

とくる。

このような「身体化された大阪」に対してのアンビバレントな感覚は大阪人の書き手によく見られる。

西加奈子さんが「ＮＨＫきょうの料理」に連載したエッセイ集『ごはんぐるり』（文春文庫）にも、こういう記述がある。

でも、大阪出身者がお好み焼き好きであるとか、たこ焼きを食べたがるとか、ああもう、恥ずかしいのだ、どうしても。ベタベタやんけ。たこ焼き、お好み焼きの佇まいそのものがあまりにも「大阪」すぎるからだろうか。

串カツ、ホルモン、かすうどん、などもそう。

全身からむんむんに、「大阪の味だっせー」という空気を放出していて、それが、ものすごく恥ずかしい。

美味しい、めちゃくちゃ美味しいのは分かる。大好き。でも、大声で大好きとは、どうしても言えないのだ。

例えば誰かに、

「西さんは大阪出身だから、やっぱりたこ焼きとか好きなの？」

などと聞かれると、心の中では、

「大好き‼」

と叫んでいるのに、

「うー ん、まあ、そうですね。大阪ではおやつみたいなもんやし、みんな好きなんと違うかな」

などと嘯《うそぶ》く。（『大阪すぎる』、一五三頁）

「大阪、好っきやねん」「コテコテでなにが悪い」とは、なんかよう言わん。そういう真っ直ぐな自己意識とはまた違《ちゃ》うんねんなあ。その感覚が都会的大阪人ならではやねん、とK氏。ふむふむ。さて肝心の司馬小説はどうか。

「そら『俄』やろ。大阪の塊みたいな話や」

間髪入れずそうK氏は断言する。

スターが主人公ではない『俄』

『俄――浪華遊侠伝』は、幕末から明治にかけての大坂の侠客・明石屋万吉《あかしやまんきち》の一生を描いた作品だ。前章の『村上海賊の娘』同様、『俄』も歴史小説である。

司馬の歴史小説については、東大史料編纂所の山本博文教授が『歴史をつかむ技法』(新潮新書)で、「時代小説が、仮に実在の人物や事件を登場させても、その物語はフィクションを主体にして展開するのに対して、歴史小説は基本的に実在した人物を主に用い、ほぼ史実に即したストーリーが描かれます」(六二頁)としたうえで、司馬が膨大に書き遺した歴史小説について、「フィクションを交えている場合でも、できるだけ史実に沿おうとする姿勢が見て取れます」と述べている。

ただ『俄』は、豊臣秀吉や宮本武蔵、坂本龍馬や西郷隆盛といった超スターたちを書いてきた一連の歴史小説とはちょっと違う。

主人公で「極道屋」の明石屋万吉と、その周りの「駄菓子屋のお婆ン」や「河童博奕の連中」「丸屋（堂島の米問屋）の旦那」といった大坂市井の人々がメインの登場人物で、土方歳三、桂小五郎、山内容堂など「幕末の大物」がまるで万吉の引き立て役のように出てくる。場面も京都が少し出てくるだけで、大坂の町中ばかりだ。

小説は冒頭から万吉が北野村の「現在《いま》の阪急ホテルの裏あたりにあった」家を出て無宿人になるところから始まる。なんと十一歳、今の小学校五年生である。「どんな悪事をはたらいても家族に迷惑がかからんように人別帳から名前を抜いて」もらい、無宿人の極道として生きる決心をする。

家もすて戸籍もすて命さえもすててかかってる以上、もはや将軍といえどもこわくはない。（なんぞやることはないか）（略）（浪華は天下の金どころや。死ぬ気で歩きまわればどこかで金とぶつかるやろ）

と花柳街「北ノ新地」「堂島新地」を抜け、「お初天神」に着く。境内で出くわしたものは「河童博奕」だ。

「考えてもごらん、百（文）賭《は》れば二百になるんじゃ。思いきって賭った賭った。殴《は》って悪いのは親爺《おやじ》の頭」

と、冗談《ちやり》まで入れ、

「どやどやどや、もっと賭れ。胴にはこれだけの銭があるんじゃ。これをみんなぶっしゃげたい（取りあげたい）とは思わんか。男なら賭れ」

さらに射倖心をあおるために、

「ばくちゃな、わが握っている銭を銭だと思うから負けるんじゃ。紙と思え。石ころと思え。思いきって賭れ。ケチるやつには果報は来んぞ」（上、二四頁）

といった十三、四才のガキ胴元の「香具師の客寄せ口上のように流暢な」丁半博奕をぼんやりみていた万吉は、賭場の悪銭を取るのがなぜ悪いと思い「この銭、貰《もろ》うた」と賭け銭の山に倒れ込む。

「殴《ど》つかれ屋」の誕生である。

（痛しぐらいで銭が入れば言うことはないわい。死ぬと思え、わいは死人やと思え）

と、鼻血がござを染め、頭の皮がやぶれ、さらに踏んだり蹴ったりぼこぼこにされても我慢して、せっせと銭を懐に入れる。

　そのうちに河童博奕打ちどもは、コブシも血でぬるぬると濡れてきて「気色《きしょく》のわるい」とおじけづく。「どこの子じゃい」「天涯の無宿じゃ」

　悪ガキたちはおそろしくなって、「きょうのところはゆるしてやる。懐に入れただけの銭はくれてやるさかい、二度とこの境内にまぎれこむな」と言う。

「浪華最大の社」天満天神でも、「この銭、貰うた」をやって、「容赦なくコブシの雨」をふらされたが、（わいは我慢屋じゃ。我慢さえすれば銭が入る）と耐える。

「筆者、言う。小僧時代があまりに面白い」

「いきなりごっつい英才教育されとるガキだらけの環境から始まるんや」とK氏は感嘆する。

「ナニワのど根性」とはちょっとレベルとジャングル（笑）が違うんやなあ。司馬さんはこう書いたあるんや。

兵法者は勝つことを工夫し、そのために惨憺たる修行をし、ついに「勝つ」ことによって自分を磨き、また衣食の道を得たが、万吉のばあいは負けることで男を磨き、負けることで衣食の道を得ようとした。
（結果はおなじことや）
しかし勝つ修行よりも、万吉の修行のほうがはるかにつらいにちがいない。
（おれはその道で行ったる）（上、五〇頁）

なかなか考えさせられる人生哲理である。（おれの一生はこれや。これでゆく）と、腹に決めた万吉は、すぐに太融寺《たいゆうじ》の駄菓子屋「大源」のお婆ンの二階に下宿するようになる。

すでに万吉の姿を見る河童博奕のほうが、「また山荒らしが来くさったか」とおそれて逃げるようになっている。

お婆ンの台詞は「このごろは、えらいええ顔でもどって来るな。腫れてへんがな。不景気か」である。

司馬はぴっしゃりと「待ってンか。いま才覚しているとこや」と万吉に言わせる。

「才覚」すなわち今度は元和通宝を細工したインチキ博奕である。

「賭場荒らしは、やめたのか」とおずおずと聞く悪相の河童博徒たちに、「安心さらせ、ふっつり廃《や》めた。きょうからはガラリと変わってわいが貸元《かしもと》や」と言う。


「銭はあるンけえ」

「無《の》うて賭場《やま》がひらけるか。体が冷えるほどグッスリ銭は用意している」

（略）

「この銭ア、みなわいらの賭場をあらした銭やないか」

（略）

「銭に素性《すじよう》はないわい。どの銭も天下公儀の通宝じゃ。口惜しけりゃ、張ってとれ。ド性根をきめて張って来い」（上、六一頁）

「ガキのくせに惚れ惚れさせるなあ」とK氏が称賛する最高の大阪弁の啖呵である。

インチキ博奕は盛大を極め、七十二両という途方もない大金にのぼる（「安い家なら七八軒も買えそうな大金」と司馬は書く）銭を万吉がこっそり窓から放り込むのを「泥棒をしている」とおそろしくなった母親が人に話してしまう。

その噂を聞きつけた天満の役所の御用聞きが十手を見せて引っ捕らえ、同心の元へ連れて行く。

さんざん拷問を受けるが、多額の銭のことは最後まで吐かない。北野村、曾根崎、天満、船場、堀江など、子供の万吉が馴染みの駄菓子屋のお婆ンを呼びつけて調べるうち、すべて賭場荒らしとインチキ博奕の銭で、ただ動機が北野村の母親と妹を養うため、ということが判明する。

賭博そのものが天下の御法度だから、奉行所はそれを裁くことはできない。おまけに動機は家族を養うことである。

ふむ、そういうことか。

司馬は「筆者、言う。」と書き出し、

早く大人になってくれねば、と思うのだが、小僧時代があまりにも面白いので、筆者もつい興に乗りすぎている。

実はこの小僧が、お上からなんと「孝子」として正式に表彰されたのだから、江戸時代とは奇抜な世の中だ。（上、九七頁）

と続ける。「ほんま司馬さん、このあたり、ノリノリやなあ」とK氏がにっこりする箇所だ。

母親に親子の縁を切ってもらって「俠客になりたい」ということを「俠客」という言葉が照

れくさくてつかえない万吉は、「極道屋」という言葉を使って頼み込む。「侠客とか親分とか、そんなんは人から言われてナンボや。そこが実に大阪の侠客らしい」とK氏。

「算盤責め」「蝦責め」にも耐えた明石屋万吉

次は本物の博徒が開帳する本当の賭場を荒らし、刀を持った浪人者に「殺すぞ」といわれても、「博奕は天下の御禁制、御禁制の金は悪銭、その悪銭を借りてやってなぜわるい」と、また「殴つかれ屋」をするうちに、万吉は堂島の米相場を荒らす仕事を問屋衆から頼まれる。莫大な利益を得ようとする御用役人が米を買い占めていて、相場の高騰に大坂の米商人が困っている。潰れる米問屋も出始める。

加えて市井のお婆ンどもが困っている。

「このところ、どうしたんやろ、清正の雪隠《せっちん》入りみたいな米の値段や」

と、青い顔でぼやいているのを聞いたことがある。

「清正の雪隠入り」というのは大坂風のシャレで、少々品がわるい。加藤清正といえば槍をもっている。その清正が便所に入るときだけは槍を放して入る。つまり槍放し、ヤリッパナシ、天井知らずにあがっていく高騰ぶりをいう。
「そいつを、食いとめてほしいのや」(上、一三〇頁)

その「命仕事」を引き受け二〇〇人の力自慢の人足を集めた万吉は、「相手は御買米の江戸商人《あきんど》にやとわれたやくざ者や。七十人はいるやろ」という会所に殴り込み、相場を叩きつぶしてしまう。

ただ万吉は手を出さない。

「そもそも志しを立てたときから、殴られ専門で度胸をみがいてきた」「わいは大将であるよってに武者働きはせぬ。この赤松の上から下知するぞ」

司馬は見事な台詞を万吉に言わせる。

まんまと相場をこわして、「そら、あとでひっぱられる。そのときはおれ一人が縄付きになる」という手はず通り、皆を逃がし自分だけ捕まり西町奉行所で「吟味」される。

「骨が砕けた者もあれば、眼球が飛びだした者もある」という拷問に米問屋の旦那衆が集められ、その前で「たれに頼まれた」と、肉がはじけとぶような音をして万吉を打ちすえ、皮が破けて血が流れ、血止めに傷口に砂をかけられ……。

播州米を一手にあつかう天野屋利兵衛が、堪えきれずに「自分が頼んだ」と言う。天野屋は

「例の赤穂浪士の事件のとき、大石内蔵助にたのまれて武器の買いあつめをした同名の俠商の子孫であった」。


「お疑いのとおりこの万吉に頼み、おそれながら公儀お買い米の妨げをいたしてござりまするる」

「待った」

万吉は、大声を出した。ここが男を売るか売らぬかの瀬戸ぎわである。

「わいはそんなおっさん知らんでえ」

「これ万吉、お訊ねもなきに口をきくな」

「しかしながら」

万吉は浄瑠璃口調でいった。

「存ぜぬものは存ぜぬと申しあげるしかいたしかたがござりませぬがの」

「存ぜぬか」

「名アも聞かず、顔も見たことがござりません。ましてや」

声に節がついた。

「物を頼まれしことなど思いもよらず」

当日の吟味はこれでおわりになった。（上、一八二頁）

もっと酷い拷問の「算盤責め」さらに「蝦責め」にされて白眼をむいて息絶えて蘇生した末に放免されるのだが、「堂島の壊滅を救うてくれた守り神や」ということで、横堀川で芸妓をのせ三味線をひかせながら迎え舟を出す者から貧民まで、一万二万の民が出迎えた。

万事がこんな調子である。

「話が出来すぎてへんか」とK氏は訝るが、酷い万吉への拷問を自ら指揮した大坂与力・内山彦次郎について、天保の乱のとき大塩平八郎が「零細民の敵」として内山を討つつもりだったこと、のちに新選組によって殺されていることなど、さすが歴史学者よりも博学な司馬の歴史小説だということがひしひしと伝わってくる。

愛嬌・運が強そうなこと・後ろ姿

『俄』（講談社文庫新装版）は上下二巻に分かれていて、下巻はわずか一万石だけの一柳藩の武士「小林佐兵衛」になったものの、大坂の入口となる尻無川河口を警護する大公儀の番所は自費で建て、兵隊は自分の子分だ。そんなところに明治維新の嚆矢《こうし》となる戊辰戦争が起こるところから始まる。

三〇艘の船に毛利藩の定紋の船旗をはためかせながら、大坂から京に続々とのぼる敵の長州藩士が尻無川から上陸するのを見て、「打ちかかってもたたきのめされるのは必定」と、裸になって尻を向けて寝ている。

「こうして裸で寝ている。貴殿も武士ならあわれと思うて素直に川をお通りなされ」
「面白いやつだ。返答次第では軍陣の血祭りにあげてやろうと思ったが、ゆるしてやってもよい」（上、五三一頁）

「おもろいやろ。まさに和田竜さんが言う大坂侍の『俳味』や。そこからが幕末や。こうなったら司馬さんの独壇場やな」とK氏。

ところが長州軍は、蛤御門《はまぐりごもん》まで討ち入ったが幕軍に敗れ、逆に総崩れになって大坂に落ちてくる。その長州兵の指揮官が遠藤謹介で、万吉はその三〇人の敗残兵を「明石屋万吉の屋根の下だけは長州も大公儀もない」と客人扱いし、挙げ句の果ては「子分」として賭場の手伝いをさせ長く匿《かくま》い、摂津西宮~讃岐丸亀~長州三田尻港のルートで逃がしてやった。
その最後の組の遠藤が別れるに万吉の手をにぎり「御恩は生々世々《しょうじょうよよ》忘れん」と涙を流した。
なぜここまで親切にするという質問には、「これが、稼業やがな」とだけ答えた。

さて、一柳藩幕軍の小林佐兵衛こと万吉は、かき集めた大坂のやくざ者を自分の兵卒とし、鳥羽伏見の戦いで薩長軍に挑む。歴史が残す通り薩長軍が「勝てば官軍」、錦旗まで出るのを万吉は目にする。

司馬はここでの大坂贅六のやくざ者がいかに命を惜しんで逃げ出すかの臆病さを面白おかしく書いている。

ここからはK氏の名調子、名口調で伝える。

大坂城に入った維新軍は、腐敗した幕府の下でのうのうと暮らすヤクザはけしからんということで、大坂博徒の大親分を粛正にかかるんやなあ。

革命裁判やから即刻河原で打ち首や。

そのとき前を通った馬上の遠藤謹介が見つけて声をかける。ここのシーンがこの司馬作品の一番エエとこちゃうか。

「おれだ、わすれたか」

「はて」

万吉はとぼけた。このあたりが、万吉の侠客としての腹芸のひとつだろう。

「わすれてもらってはこまる。お前に命をたすけられた長州の遠藤謹介だ」

(ああ、理屈屋の遠藤か)

むろん、万吉は馬上の士を見たとたんに思い出しているのだが、そういう顔つきをすれば万吉の男稼業がすたるであろう。

「一向に存じませんな」(略)

「ここでなにをしておる」

「首」

自分の首に手をやり、

「これだす」

と、刎ねるまねをした。(下、三〇六頁)

遠藤は、万吉を処刑すれば長州の恥であり、なぜ蛤御門の際にわれわれを救ったのを言わなかったのだ、と尋ねるんや。


「わすれましたのでな」

万吉はもう芝居がかっている。

「わすれたわけでもあるまい」

「たとえ覚えていても、この場になって昔の恩を担保《かた》に命乞いをしようとは思いまへん」

「申したなあ。それでこそ任俠だ」(下、三〇七頁)

遠藤は放免するだけでなく、薩州屯所に宛てて書いた手紙を万吉に渡し、それで恩返しをしたんや、とこういう話や。

話はつながるか知らんけど、鷲田清一せんせ《先生》(臨床哲学家/京都市立芸大学長)が『しんがりの思想』(角川新書)で、「リーダーに備わっていなければならない条件」として、かつて松下幸之助がパナソニックで言った話を挙げてるんや。まず「愛嬌」で、次に「運が強そうなこと」、最後が「後ろ姿」やけど、万吉には全部備わっているんやなあ。

米相場の殴り込みでも、大いくさでも「いったんひき受けたもの」は、命を賭けてやる。その命は「死ぬのに為めは要るか。わいは何の為めも無く死ぬ」（上、三六一頁）
「よろしおま。死にまッさ」
と、鮨屋《すしや》が出前にでもゆくような気やすさでいった。（上、一二九頁）

武士になっても、維新後に大阪知事の頼みで消防頭になろうとも、母や妹の生活費のためになった子供の「殴《ど》つかれ屋」であった。

胆力、膂力《りょりょく》で悪をやっつけるのではない。すべての話が死ぬ一歩手前の大危機を紙一重でどう逃げ切ったかということ。万吉の「俄」つまり「仁輪加」、この司馬作品は路上河原の即興芝居になぞらえた最も大阪的な小説にちがいない。

K氏は「こんな感じぇえ、風のような大阪人を書けるのは、やはり司馬さんが、大阪弁を誰よりも知ってはるんや」とつけ加える。

つけ加えついでにK氏は、「宮尾登美子さんの『鬼龍院花子の生涯』知ってるやろ。映画化されて夏目雅子が『なめたらいかんぜよ！』と名台詞を吐くあの作品。あの主人公、高知一の侠客の鬼龍院政五郎こと『鬼政』は、高知で男看板を揚げる前はやなあ、大阪で明石屋万吉の子分やったんや」と鼻をふくらませる。

この岸和田のおっさんはほんまに「任侠モノ」が好きな人だ。

宮尾は『鬼龍院花子の生涯』で、「鬼龍院政五郎」という侠客名を明石屋万吉が付けたこと、松島新地を鬼政のシマとして与えたことなど、事細かに書いている。

過去を語らぬ鬼政がこれだけは誰にも披露しているこの名の由来というのは、土佐出奔後、大阪で浮浪していた恒吉を拾いあげてくれた親分の小林佐兵衛が名付けてくれたもので、幡随院長兵衛と相模屋政五郎にあやかった最高の侠客名だという。小林佐兵衛こと明石屋万吉は維新前から明治にかけ、五畿内に名を轟かせていた侠勇で、多少字も読め時勢の目も開いていたところから、凝りに凝ってこの節珍しい大袈裟な名を考えたらしかった。(略)

佐兵衛親分は、

「鬼は人間より偉い怪物、龍は神通力があるよってこの二つで行こ。何より語呂がええさかい、人が早う憶えてくれるやろ」

と決め、(文春文庫、一八頁)

名前は海内無双《かいだい》、名乗りを聞いただけで相手を縮み上らせるだけの威を持って恒吉は佐兵衛の許を離れ、松島遊廓一帯のしまを貰ったといわれている。佐兵衛は一風変わった男で、侠客のくせに博奕を打たず、米相場をやったり不具廃疾老衰者の授産所を起したり、己が道楽に打込んでいるかにみえてその実子分は一声千人といわれ、その千人のなかから恒吉がとくに実入りのいい松島を貰ったのは、そこに何かの勘定があっての上ではなかったろうか。考えられるのは親分に替って刑務所を勤め上げたことへの報償だが、佐兵衛は生来殺伐な喧嘩を好まなかったというから、他に人前で話せない何かの事実があったことと思われる。恒吉が如何に勇猛果敢な男でも、平常の勤めぶりでは松島を貰うなど考えられず、ここら辺りに自ら二十八年の空白を語らぬ理由が深く潜んでいると推測されるのである。（二一〇頁）

この二人の大作家が語った明石屋万吉という大阪キタが生んだ男は、ほんまにほんまにおもろい侠客だったのだろう。裏を返せば、その「ほんまにほんまにおもろい侠客」を二人の大作家は書かずにはいられなかったということだ。

第十一章

山崎豊子と「船場の文化資本」

「正味の船場」の人

「山崎豊子さんて、昆布屋さんの『小倉屋山本』の娘やねんなぁ」と、いの一番にK氏が言う通り、秀吉以来の大阪商人の長い伝統の上に立つ「船場」の人だ。「正味の船場や」とK氏。また「正味」が口をついて出た。

「小倉屋山本」の本社ビルである「オーガニックビル」が、九三年当時「オシャレな街」としてメディアで喧伝《けんでん》された「南船場」のど真ん中に建てられた。窓すべてに植物が植えられたこの「オーガニックビル」が誕生したとき、大阪の最先端で現在進行形の街を象徴する動きとして、新聞雑誌やテレビのメディアの露出ぶりは凄いものがあった。

全国の街場のバーやカフェやブティック、近年はあべのハルカス近鉄百貨店本店の空間設計者として知られる間宮吉彦さんは、その頃同じ南船場にオフィスを構えていたが、オーガニックビルの誕生が街としての南船場を決定づけた、としたうえで、「昆布屋がオーガニックとは道理だし、ガエターノ・ペッシェに本社を設計させるパトロン性がすごい」と絶賛した。

デビュー作『暖簾』は、この実家の昆布屋を舞台にした小説だ。毎日新聞の記者をしながら、船場商人にとって命に等しい「暖簾」について書いた力作だ。

上司だった井上靖に「自分の生い立ちと家のことは書けるものだ」とハッパをかけられ、毎朝五時に起きて執筆してから出勤したとのことで、完成まで七年かかっている。

山崎が『大阪づくし私の産声』（新潮文庫）で書いている通り、作家生活の最初の二十年近くは、大阪ものしか書いていない。

なかでも「船場もの」作品と呼ばれる『暖簾』『花のれん』『しぶちん』『ぼんち』『女系家族』は、船場商家の商売そのものや日常の生活、風俗、習慣、しきたりなどを通じ、「船場人」独特の人間観を浮かび上がらせている。

「暖簾にかけて」恋愛御法度、女遊びＯＫ

最高傑作はなんといっても原稿用紙一千枚近くの『ぼんち』である。

この長編に描かれる主人公の喜久治の四人の妾《てかけ》との男女関係はすさまじいものがある。

船場商人の旦那衆の甲斐性として「妾三人は持たんと、商いの信用になりまへん」といった風習は、「恋愛」というものではない。「性愛」と書いてふさわしい。


船場に、恋愛は禁物だった。恋愛は、男女の間のはげしい感情に、突き動かされるものである。ところが、船場の商人《あきんど》たちがつくりあげた「信用の空間」は、感情のように不安定のものでなく、ダイヤモンドのように固くて安定した性質を、もっていなければならなかったから、「暖簾にかけて」、ここでは恋愛は御法度だった。

そのため、恋愛結婚などしようものなら、仲間の商人からは、どことなく蔑むような目で見られた。このお人は恋愛なんかに溺れたりして、まあ。暖簾が象徴する確かな信用の空間のなかに、そんな感情を持ち込まないで欲しいわ。恋愛なんていうものは、暖簾の外でするものでしょう。だから、暖簾の内で、恋愛などはもってのほかだったのである。

これは中沢新一の『大阪アースダイバー』の「船場人間学」(一〇七頁)の書き出しである。「なるほどなあ」などと独りごちていると、K氏が「船場はホンマに変わったとこや。人を人とは思てないエゲツなさがある。全部ベースに銭勘定があるんや」との見方を示す。

とはいえ、船場の商人たちは、けっしてピューリタンなどではない。むしろ、体内にみなぎるエネルギーを抱えた人たちである、暖簾の内では恋愛は不可能でも、暖簾の外での彼らは、むしろきわめて奔放だった。(同、一〇九頁)

「中沢せんせの仰る通りやなあ。『ぼんち』って、あれドスケベ小説やんなあ。なにが〝ぼんぼんになったらあかん、ぼんちになりや〟や。〝ぴしりと帳尻にあった遊び方〟て、そんなもん。三人も四人も妾つくりやがって、皆金銭で済ましてまう。ただの絶倫の多淫症やんけ」とK氏はすでに絶叫調である。

「それはKさん、羨ましいだけちゃうの？」とツッコミをかましにいくと、「そらそうじゃ。ワシも男の端くれ、あたり前やんけ」。

このあたりの素直さがK氏の良いところでもある。が「女性が書いたこんなとてつもない純社会派ポルノ小説。こんなん読んだことないわ。正月からエッチすることばっかり考えてくさる。ここ見てみい」。そう示されたところは以下だ。

越後町の角を曲ると、晴着を着た子供たちが、小路奥にかたまって遊んでいた。（略）半丁ほど先に、ぽん太の屋形の表格子《ごうし》が見えていたが、くるりと背を向け、タクシーを止めて、鰻谷《うなぎだに》の家へ行くことにした。

さっき、幾子の訪問着の袖口《そでぐち》からのぞいていた緋鹿子《ひがのこ》の長襦袢《ながじゅばん》が、喜久治の眼先にちらついた。そして、長襦袢の上に締めた伊達巻が、するするとぐろを巻いて解《ほど》けて行く

> のが眼に映るようだった。虫も殺さぬようなつつましい幾子が、ねっとりと纏《まと》わりつく閨《ねや》さばきをし、それらしく見える色っぽいぽん太が、案外、そうでなく、女というものは、触ってみなければ解らぬ生きものだと思った。
> 喜久治は、ふやけた笑いをかみ殺しながら、二人の女を比べ合わせて娯《たの》しんでいたが、ふともう一人の女を触ってみたいと思った。
> 真っ白な雪肌をし、たっぷりと肉附いたお福であった。去年の十二月、佐野屋や芸者達と雑魚寝《ざこね》した時、お福にからんで行って剣突《けんつく》されてから、一度も会っていない。惹《ひ》かれていたが、年末の忙しい売前時《うりまえどき》であったし、一方、佐野屋とお福とのいきさつも、はっきり解らなかったから、うっかり手の出しようがなかった。
> 今からお福のいる浜ゆうへ行き、そこから佐野屋を招《よ》び出して遊ぶのが、好都合だと思いついた。（新潮文庫、二八九、二九〇頁）

好色すぎるというか、キーボードを叩いていてもなんだか気分が悪くなる。

ちなみに『ぼんち』は市川崑《いちかわこん》監督によって一九六〇年に映画化されたが、幾子が草笛光子、ぽん太が若尾文子、お福が京マチ子だ。比佐子というハイカラなカフェの女給が越路吹雪《こしじふぶき》。全部、喜久治の妾である。「主人公喜久治役の市川雷蔵は、ほんまええ役やのぉ。オレとちょっとだけ代わって欲しいわ」とK氏が明るく笑わせてくれるのが救いだ。

冒頭で二十二歳の船場のぼんを描写する山崎さんの書き方は、

一体、誰が、わいの女遊びを告げ口したのやろと、腹の中で舌打ちした。

喜久治が遊び始めたのは、二年前の高商を卒業する頃であった。学校を出ても、河内屋足袋問屋の五代目になることが定まっているから、別に改まって勉強する必要もなかった。最終序列から十四、五番内の辺《あた》りをうろうろし、わいがええ成績を取れへんのは、就職せんならん奴のための犠牲打やなどと、勝手な理屈をこじつけて遊んでいた。

（一七、一八頁）


と、「腹の中の舌打ち」や「犠牲打」など、船場のぼんが口にする例えがユニークで、K氏が「今もいてるいてる、こんなこと言うヤツ」と言う通り、そこに大阪弁話者のリアリティを感じる。

ほとんどホラー映画

この作品でとりわけエゲツなく描写されるのは、「河内屋」の暖簾を支える祖母・きのと母・勢以《せい》の他者に対しての性悪さだ。喜久治の父まで四代続く河内屋は、初代からあと三代はずっと婿養子の母系家族であった。

新興の砂糖問屋である高野市蔵の娘・弘子と、一回見合いをしただけで結婚させられた喜久治だが、「箪笥、長持で十一荷、長襦袢だけでも三十六枚も揃えた」嫁入り早々の荷飾りに早くも「いじめ」が炸裂する。


「あんたの荷の中に六月一日から要る帷子と、七月一日から要る紗の羽織がおまへん」

「すんまへん、早速、あとでうちから持って寄こさしてもらいます」

素直に手をついてあやまったが、きのは許さなかった。

「追加ものというのは気に入りまへん、今晩、店閉めてから、この衣裳《いしょう》箪笥、あんたとこへ持って帰り、みなきちんと間違いのない目録にしてもらってから、改めて荷入れしておくなはれ」（二一二頁）

圧巻は弘子が便所を使ったあと、「月のもの」が止まったかを確かめるために「糞壺の中に竹の先を入れて、若い女のしるしを掻き探す」。

K氏が「ようこんな底意地の暗い、鬼みたいな最低な女が親子でいてるんやなあ」と評する箇所だ。が、「ひょっとして、それが山崎豊子さんの書きたかったことと違うかなぁ」と指摘する。

弘子はちょうど三月の節句の日に男児を出産するが、

赤い雛膳《ひなぜん》に、五品の菜《さい》を盛り、小さな紅盃《べにさかずき》に甘酒を注《つ》いでいる。互いに甘酒を注いで、口元へもって行っては、ちゅっと吸い、顔を見合わせては、くっくっと忍び笑いした。赤い毛氈の上に春の陽ざしが日溜《ひだま》りになり、六十歳の老女と、四十二歳の中年女が、無心に戯《たわむ》れていた。（三三三頁）

まるで魔女たちの饗宴みたいなすごい描写だ。生まれた子が男だと報告する喜久治に対しては、

「男の子――、ふうん、女節句の日やいうのに」
きのが、いや味な口ぶりをすると、
「逆《さか》らい子《ご》というわけだすなぁ」
勢以が口を合わせ、まともに不機嫌な顔をした。（三四頁）

その三カ月後に七月の更衣《ころもがえ》の際の丁稚のお為着《しきせ》が違うというのが理由で、「あない船場のしきたりができんようでは、どないにもなりまへん」と弘子は離縁される。

弘子を罠に仕掛けるようにして陥れたあとの、きのの「跡取りの久ぼんもでけてることやし、この際、帰《い》んで貰いまひょ」という言い方、考え方がすさまじい。

そして「ちょっとええ月給で五十円」の時代の「二千円」を手切れ金として渡す。

その後、すぐに河内屋四代目の父・喜兵衛が死にゆく。

船場の「婿養子の旦那」という境遇をこのように山崎は書く。

喜兵衛も、そうした実力の証左という養子旦那の意気込みで、勢以と結婚したのであったが、三代続きの母系家族という点を、誤算した。（略）お家はんのきのと勢以の二人がかりで、女の我意を通し、頼りにした先代も、同じ養子旦那のせいで、きのに頭があがらず、喜兵衛は、単なる種馬か、金儲《かねもう》けの商品並に動かされて来たようだった。（八〇頁）

長患いの病人を看護婦と附添婦に任せ、夏場の商いを喜久治にさせて、温泉で長唄の稽古をしている二人の女の気持ちを測り兼ねた。嬢《いと》はん育ちの不遠慮というのか、血に染《し》み着いた傲慢《ごうまん》な冷酷さなのか、いくら命に別条ないといっても、父の喜兵衛を看取《みと》らずにおれる情の強《こわ》さが胸に来た。そして、血を分けた喜久治まで、養子旦那の祖父や父と同じように河内屋の商い道具として扱っているようだった。（一〇三、一〇四頁）

きのと勢以にいびられ続けて、なおも頭が上がらぬ丁稚上がりの婿養子が、息子の喜久治にかけた最後の言葉、それがタイトルにもなった「ぼんぼんになったらあかん、ぼんちになりや」だった。ちなみに山崎さんは「ぼんち」とは、

大阪では、両家の坊ちゃんのことを、ぼんぼんと言いますが、根性がすわり、地に足がついたスケールの大きなぼんぼん、たとえ放蕩《ほうとう》を重ねても、ぴしりと帳尻《ちょうじり》の合った遊び方をする奴には、〝ぼんち〟という敬愛を籠《こ》めた呼び方をします。（あとがき、六四三

頁）

とあとがきのトップに書いている。

父に「ぼんちになりや」と遺言されてから祖母と母に激しく反抗するように、廓・新町はじめとする喜久治の放蕩が激しくなる。

そんな喜久治に、

「喜久ぼん、あんた、お父はんが死にはってから、表だって女遊びするようになりはったけど、けったいなことしはれへんやろな」

と前口上のように切り出し、河内屋には女狐がいて、自分たち母娘の河内屋の血筋の女以外は祟られてしまう。その女狐の祠を建てないと商いまでに障ると、前栽の西南隅に女稲荷大明神の社を建てた。

確かにほとんどホラー映画である。

「しきたり」の裏に女系家族の都合

船場の家、つまり暖簾の下での恋愛、いや性愛観は、すべて女系家族の都合ゆえなのだ、ということを山崎は、芸者ぽん太を正式に妾とする「自前披露《じまえひろめ》」のあとの会話でリアルに書く。


「あんな派手なことしたら、すぐ知れ渡るの当り前や、なんぼ身自由な旦那はんになったかて、まだ三十前のあんたや、ちょっとは、世間をはばかっておくなはれ」

「世間体？　ほんなら、ちゃんと、二回目の嫁はん貰いまひょか」

「嫁はんを、貰いはる――」

叫ぶように母の勢以が、口をはさんだ。

「外に女持って、恰好《かっこう》悪いのやったら、家へ嫁はん貰わんと仕様おまへんやないか」

喜久治は重ねて、こう云った。きのは、喜久治の真意を探り当てるように執拗《しつよう》な視線を絡《から》ませて来た。

「嫁はんは、いやでっしゃろ、わいもいやですさかいにな」

ついと、喜久治は突き放しておいてから、

「また、あんな女のねちねちした縺《もつ》れ合《あ》いに巻き込まれるのは懲《こ》り懲《ご》りや、その点、外の女は、お互いにええやおまへんか、要は、河内屋の血筋以外の女が、お祖母はんやお母はん並に、若御寮人はんと云われるのが、承知出来まへんのやろ。外の女は、金輪《こんりん》際《ざい》、若御寮人はんなどになれる気遣いないさかい、ご安心やおまへんか」（一七一、一

七二頁）

「要するに、セックスを家に持ち込むな。外の女に妊娠させてもたら金で解決つけたれ、ちゅうことやねんな。なんちう〝しきたり〟や」。K氏の言い方は荒いが中身は正しい。

確かにそういうややこしい「しきたり」を知らんのをあげつらって、「船場のしきたり云々」で人を跪《ひざまず》かせるというのは相当に趣味が悪い。

弘子との縁談をまとめた「堀江の小さな小間物屋の隠居」である内田まさが、河内屋から追い出される弘子を迎えに行った際に吐く台詞が、せめてもの救いのように感じる。

「もう、金輪際、船場のご縁談には口を出しまへん、船場の人間同士なら無条件に通ることが、そうやない人の場合は、箸《はし》がこけたほどのことも、無理難題にされますわ、ほんまこりごりでおますわ」

内田まさは、きのと勢以の方に、まともに開き直って云った。

「さよか」

きのは、金作《きんづく》りの細身の煙管《きせる》を掌《て》で弄《もてあそ》びながら、鼻であしらうように受け答えした。

「さよか、とは何ですねん、女一人がえらい目に遭《あ》わされている時に、二人揃《そろ》ってそんな涼しい顔して、さよかとは、えげつな過ぎるやおまへんか、ほんまに根性悪《こんじようわる》や」（四四、四五頁）

「この堀江のおばはんに一票や」とはK氏。

「船場のしきたり」を「文化資本」から読む

ただフランスの哲学・社会学者であるピエール・ブルデューのいう階層社会を形成する「文化資本としての日常の行動およびものの感じ方や考え方」という観点から、この作品中のほとんどを占める「船場のしきたり」を読み取っていくと、さまざまなことが見えてくる。

ブルデューの「文化資本」については内田樹せんせ《先生》が以下のように述べている。

階層社会において階層間の「壁」は、社会的地位や資産や権力や情報や学歴など、多様な要素によって構成されているが、ある階層に属する人間と別の階層に属する人間を決定的に隔てているのは「文化資本」の格差である。（『街場の現代思想』文春文庫、二

三頁）
加えて「文化資本はより狭隘な社会集団に排他的に蓄積される性質を持っている」（同、三二頁）。

言葉遣いやふるまい、季節の更衣《ころもがえ》や奉公人のお為着《しきせ》、年中行事、火事見舞い、そして妾の扱いといったものまで、「これが船場のしきたり」とばかりに読者に迫ってくる。けれども日本はフランスのような歴然とした階層社会でなく、それをどう引きつけて読むかはそれぞれであり、K氏などは「あっさりと、しゅっとした感じのええ金持ちはおれへんのか。大阪というより京都みたいや」と舌打ちするが（京都の皆さんは怒ってこないか）、どうだろうか。

同時期に発表された短編「船場狂い」「持参金」（ともに新潮文庫『しぶちん』に収録）は、「文化資本としての船場／周縁」の差異についてのみを描いた作品だ。「船場狂い」は、船場から土佐堀川を渡る肥後橋の北側の「非船場」堂島中町生まれの久女《くめ》の、「少々、左前の店で、不細工でもかめへん、船場へ嫁いで〝御寮人さん〟と呼ばれてみたいねん」という、徹頭徹尾、文化資本としての「船場」に対しての猛烈な欲望と執念の話である。

自分の生まれた処《ところ》が、土佐堀川を隔てた堂島中町、次に嫁いだ処が、西横堀川を隔てた京町堀西詰、三番目に後家の頑張りで店を構えた処が、長堀川を隔てた鰻谷西之町、まるで自分の生涯は、船場を取り囲んで流れる四辺の川ぶちを、ぐるぐる廻って、それだけで終ってしまいそうな不安な予感がした。しかし、久女は、まだあきらめていなかった。（三〇頁）

まるでブルデューの「努力し獲得する文化資本」と「身体化された文化資本」の階層格差のありようが、もろに出てくるシーンが、久女の末娘の照子と東船場瓦町の紙問屋の一人息子久太郎との見合いのところだ。

どうしても、照子だけは、船場へ嫁がせたいと思っているからだった。小さい時からの久女の念願で、五十四歳の今日までかかって果たせなかった夢を、娘の照子によって実現させたかったのだった。（三一頁）

という久女が久太郎の母親寿々に次のように言う。

「腫れものにさわるような気の遣い方で」と山崎は書き出す。

「ほんまに、何と申しましても、船場の御大家のしきたり、作法というもんは、大へんおむずかしゅうおますやろけど、どうぞ、何とか宜《よろ》しゅうにお教えのほどを――」卑屈なほど、寿々の横にすり寄って頭を下げた。寿々はかぼそい首筋を、ちょっと傾けたが、顔は相変らず、久女とまともに合わさず、

「いいえ、別にたいして変わったことはごわへん」

短く、答えただけであった。

「どう致しまして、何かと船場は、細かい家訓や、奉公人のお為着《しきせ》、四季の更衣《ころもがえ》など、何かとわてら船場育ちやない者には、知らん約束ごとが多いらしゅうおますなあ、船場は――」

久女は、自分の船場に対する常識を披露するように喋《しゃべ》り出した。黙って暫《しばら》く聞いていた寿々は、

「それやったら、あんさんの方が、ようご存知やおへんでっか」

喋り続ける久女の話の腰をぴしゃっと折るように、こう云って、口を噤《つぐ》んだ。（三四、三五頁）

「むちゃくちゃ殺生《せっしょ》な話や」とK氏。

それこそ命懸けで努力し学習しキャッチアップしようとする久女の「船場」と、「自分が船場のなにを知っているかを知らない」という身体化された文化資本としての「船場」の持ち主の決定的で理不尽な階層差である。

「観てない映画の監督の名前を知ってる」ことと「観た映画の役名を覚えている」ことの違いである。

内田樹はぴしゃりとこう書く。

「知識」を語る人間が、「経験」を語る人間に対してつねにある種の「気後れ」を覚えることは事実である。そんなことを意図しないで、自然にふるまっている人間に「気圧《けお》される」こと、自分の感覚や判断に迷いを感じてしまうこと、自分がどこかで「いてはならない場所に踏み込んだ」ような異郷感を覚えてしまうこと、この微妙な「場違い」のうちに文化資本の差異は棲まっている。（同、二一六頁）

それに加えて「『変わったことはごわへん』『ご存知やおへんでっか』て、山崎さん、研ぎ澄ましたようにわざと旧い船場言葉で差異を強調しているのんも必殺や」とK氏は加える。

「とどめはこれやなあ」


「なあ、照子、なんぼ、船場の旦那はん、御寮人さんいうても、お金が無うては、どないにもなれへん、まさか、暖簾食べるわけにもいけへんやろ、この縁談も、えらい始めのうちは、高うまとまってはったけど、だんだんしたら、結局、お金が欲しいねん、そやから、うちからは、うんと張り込んだ支度金付けたげるさかい、あんたはえげつのう嫁《い》きや、なにも遠慮することあれへん、あの古ぼけた人形みたいな御寮人さんかて、支度金付きのあんたの前へ出たら、首うちした菊の花みたいに、だらりとしおれてしまうだけや、つまり、わては、お金で船場を買うたみたいなもんや」（三五、三六頁）

そして船場は空襲によって灰燼《かいじん》に帰し、

「そこには伝統も、因習もない裸一貫の人々が、どやどやと移り住んだ」

やっと「御寮人さん」と周りに呼ばれるようになった久女だったが、敗戦後も店員たちにはすでに死語となった「御寮人さん」という呼び名でしつこく自分を呼ばせる。

が、隣近所の人は、そんな久女のことを〝船場狂い〟と呼んだ。

「ネタは違うけど、何か周りにいてるなあ。いや、思い当たる節あるなあ」とK氏。まんまと山崎豊子さんの「船場の文化資本」に当てられたようだが、「せやけど〝船場のしきたり〟みたいなもんで、階層化されてまう社会というのは、住みにくいし、あんまりおもろくないやろなあ」。

谷崎潤一郎の『細雪』や山崎豊子の一連の「船場もの」で描かれる世界は、いうまでもなく「船場言葉」に特徴がある。ただそれは船場という限られた局地的な地域方言性、とりわけそこの商人たちの社会的属性のなかの言葉であり、これを「正統」で「洗練」された大阪弁であると位置づけることは、文芸や落語や漫才など芸能の技芸を閉じさせてしまう。

大阪弁ブンガクについて語ろうとするとき、もともと日本語が一つの言語ではない、という前提から大阪弁の言葉遣いや語り口で作品を玩味していくのであるが、それには地域や社会的属性、あるいは世代や性別などさまざまな社会的背景ごとに話される言葉が多様である、という事実をすっぽりそのまま受け入れることができる感性が必要不可欠である。

だからこそK氏がいつも口にする、統一観光スローガンとしての「大阪、好っきやねん」は「おもろいこともなんともない」、つまり非文学的であり、地下鉄ポスターの「チカンアカン」は、それにまさってあまりある街場の大阪弁ブンガクの一例にちがいない。

おわりに

大阪弁は「使いで」があり「性能が良い」言語だ。

だから大阪弁をテレビで喋ったり、上方漫才や落語などの芸能、そして小説や随筆などの文学として「商品」となって流通する場合も売りやすい。ボケたりツッコんだりで「おもろい」大阪弁は、「商売」にしやすいしよく売れる。

あとがきでいきなり言い訳じみたことを書くわけではないが、そういうこととは全然位相が違う。大阪弁を通じて世界や人のありようを「書く」ということ。それは一体どういうことなんだろうというところにひっかかって、約一年半、ミシマ社のＷｅｂ雑誌「みんなのミシマガジン」の連載を続けたのがこの本である。

日本で生まれて育つと日本語でものを考える。

「日本」を「大阪」、「日本語」を「大阪弁」に置き換えるとわかるのだが、大阪弁でものを考えたり、何かを発想したりするとき。あるいは他者と出会ってコンタクトしてコミュニケーションする。

その際の独特の様式みたいなものが大阪弁にあるのだが、浮かんだことばを口にする話芸的なそれと、(今もそうだが)思ったことを書き下しするときの様式は全然違う。書いたものは「自分がそれについてどう考えたか」の足跡しか残っていない。それも書き終わってから事後的にしかわからない。

だから「これ、どう書いたらええんや」と煮詰まったときに、大阪弁話者は手足をばたつかせるようにしながら、「これ、どう書いたらええんや」とそう書くしかないときがしばしばある。「どう書いたらええんや」と語彙を自分の大阪弁イントネーションで発音して頭の中で考えた末に、「どう書いたらいいのだろうか」という結果になったりもする。

「ちょっと違うんちゃうか」とのたうちまわりながらキーボードを叩いては消して、「アホの見本やなあ」と書くのと、瞬時に「バカみたいである」と書くのとは「ちょっと違うんである」。などと現に書いているのがわたしの言語運用らしきものであるが、ちょっと「書く」のにそういうことばかり試行錯誤していると、「自分」や「自己」や「自我」が分裂してメルトダウンする可能性があるので、「これはあかん」とK氏に登場してもらった。狙いは大阪弁のブンガクを大阪弁で解釈して思考し、できるかぎり大阪弁の口語的なものを言葉として「いっぺんやってみたれ」と使って書いてみたかったのである。

しつこいけれど、それは現に話し言葉として「大阪で使われている」用字用語や単語や発音を能記することではない。同様に「標準に使われている」ことばを「標準語で書く」ということもありようがないのだが、近代的な中央集権国家のための統一的な国内共通言語の必要性からの「標準語」という制度を身にまとわされてきた言語感覚と、ハナからどうしようもなくはみ出てしまっているそれの違いは大きいと気づいている。

多くの小説が世界各国に翻訳されている村上春樹さん（一一一頁）にしても、

新幹線の神戸駅に降りると一発で関西弁に戻《もど》ってしまうのである。そうなると今度は逆に標準語がしゃべれなくなる。（『村上朝日堂の逆襲』二四頁、新潮文庫）

東京にいるときは標準語を使い、小説もそれで書く。けれど関西弁使いであることは間違いない。とすると、その作家としての根の部分には、それと知らずに関西弁を駆使できる言語的な身体性があるのではないか。ことばに敏感であったり、言語運用のセンスが良いというのは、そういう身体性のことなのだろう。

さてここまでお読みいただいて、こういうことを言うのもナンであるが、大阪（京都でも神戸でもいい）の街場のおいしい店を地元の人間のK氏に案内してもらう。そんな感じで読んでいただけると有難いです。

最後に毎回、連載原稿を書いて送ると即、「これはおもろいです」「こんな文章、読んだことがないです」と反応していただき、手際よく単行本に仕上げていただいた、ミシマ社の三島邦弘さんと新居未希さんに御礼申し上げます。

二〇一八年五月

江弘毅

索引

K氏の大阪弁ブンガク論

二〇一八年七月二日　初版第一刷発行

著　者　江 弘毅
発行者　三島邦弘
発行所　㈱ミシマ社
〒一五二－〇〇三五　東京都目黒区自由が丘二－六－一三
電　話　〇三（三七二四）五六一六
FAX　〇三（三七二四）五六一八
Eメール　hatena@mishimasha.com
URL　http://www.mishimasha.com/
振　替　〇〇一六〇－一－三七二九七六

ブックデザイン　尾原史和、鎌田紗栄（BOOTLEG）
印刷・製本　㈱シナノ
組版　㈲エヴリ・シンク

ISBN 978-4-909394-10-1

江 弘毅（こう・ひろき）

一九五八年、大阪・岸和田生まれの岸和田育ち。『ミーツ・リージョナル』の創刊に携わり十二年間編集長を務めた後、現在は編集集団「140B」取締役編集責任者に。「街」を起点に多彩な活動を繰り広げている。著書に『「街的」ということ』（講談社現代新書）、『「うまいもん屋」からの大阪論』（NHK出版新書）、『濃い味、うす味、街のあじ。』『いっとかなあかん店大阪』（以上、140B）、『有次と庖丁』（新潮社）、『飲み食い世界一の大阪』『K氏の遠吠え』（以上、ミシマ社）など。津村記久子との共著に『大阪的』（ミシマ社）がある。神戸松蔭女子学院大学教授。また二〇一五年から講義している近畿大学総合社会学部の「出版論」が大ブレイク中で、約二〇〇名が受講している。

本書は、「みんなのミシマガジン」（mishimaga.com）に「K氏の大阪ブンガク論」と題して2016年8月から2018年3月まで連載されたものを再構成し、加筆・修正を加えたものです。